喚醒你的英文語感！

Get a Feel for English !

喚醒你的英文語感！

Get a Feel for English !

翻譯大師教你練聽力

附三段速聽力特訓 MP3

作者／郭岱宗

大師獨門聽力秘技無私公開

・3 段速聽力訓練，有效偵出並突破聽力盲點，聽力水平大躍進！
・字彙、短句、長句、會話，4 階段漸進訓練，學習最有效！
・用聽的牢記 34 類最常用基礎單字，語彙實力全面大提升！
・1 舉提升 4 大關鍵英語力：聽力、口說、字彙、速度！

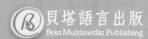
貝塔語言出版
Beta Multimedia Publishing

IRT 語言測驗中心
Language Testing Center

口譯公式（The Formula of Interpreting）——郭岱宗

MI = COBLC + FAAE
公式的發音： MI ＝ ［koblɑk］＋［fɑii］

MI = Mastery of Interpreting（精於口譯）

COBLC = The Command of Both Languages and Cultures
（對雙語和雙文化的掌握）

F = Fluency（流暢）———

流暢的字彙	流暢的句子
流暢的記憶	流暢的思路

敏捷的反應

A = Accuracy（準確）———

發音準確	腔調準確
文法準確	譯意準確

A = Artistry（藝術之美）———

文字之美	發音之美
語調之美	聲音之美

台風之美

E = Easiness（輕鬆自在）

同步口譯的金字塔理論
（The Pyramid Theory of Simultaneous Interpretation）——郭岱宗

一切的翻譯理論，若是未能用於實際操作，都將淪為空談。優質的同步口譯超越了點、線、面，它就像一座金字塔，由下而上，用了許多石塊，每一塊都是真材實料，紮紮實實地堆砌而成。這些石塊包括了：

① 深闊的字彙

② 完整、優美、精確的譯文

③ 精簡俐落的句子

④ 迅速而正確的文法

⑤ 對雙文化貼切的掌握

⑥ 流暢的聽力

⑦ 字正腔圓

⑧ 優美愉悅的聲音

⑨ 適度的表情

⑩ 敏銳的聽眾分析和臨場反應

⑪ 穩健而親切的台風

最後，每一次口譯時，這些堆積的能量都**隨點隨燃**，立刻從金字塔的尖端爆發出來，這也就是最後一個石塊——快若子彈的速度！

這些石塊不但個個紮實，而且彼此緊密銜接、環環相扣、缺一不可，甚至不能鬆動。少了一角，或鬆了一塊，這個金字塔都難達高峰！

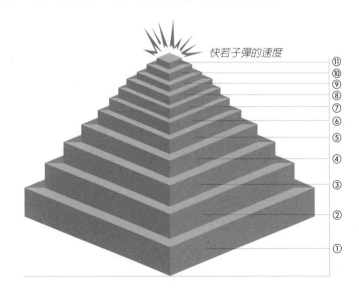

快若子彈的速度

7

📶 快速伸展字彙的「老鼠會理論」
（The Pyramid Scheme of Expanding Vocabulary）——郭岱宗

平日即必須累積息息相關、深具連貫性的字彙，口譯時才能快速、精確、輕鬆、揮灑自如！「由上而下」的「老鼠會式的字彙成長」，即以一個字為原點，發展為數個字，各個字又可繼續聯想出數個字。如此，一層層下來，將可快速衍生出龐大的字彙庫。既快速、有效、又不易忘記！

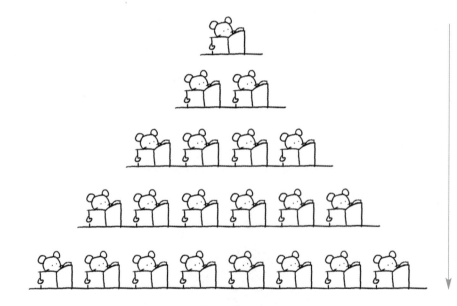

序言

英語聽力教學亟需改革

學英文已逐漸成為全民運動，不過「聽力」卻一直是我們的一大瓶頸，甚至學了一輩子英文的人也常沒把握自己到底能聽懂多少。

聽的能力和學習時間的長短無關，它取決於學習的方法。多少個不到十歲的美國孩子，他們的聽力強過我們學了數十年英文的高學歷人士？我們學英文的方法錯了幾十年，奉勸讀者不要再聽故意放慢速度的英文 CD，這些 CD 製作的立意雖好，卻害慘了我們，因為這種方法讓我們習慣於聽慢如太空漫步的英語，因此即使非常用功，學到老也沒什麼作用。

為了織出聽力的天羅地網，讓英文一個字也逃不掉，我們安排了從短句的聽力開始訓練，然後進階為較長的句子，最後則是兩人對話。其中每個單元安排了三種速度。第一次是外國人說英文的正常速度；第二次則是分解式的速度，讓讀者清楚了解所聽為何；第三次則加快速度，這是非常重要的訓練，不但可以幫助讀者聽懂 CNN 等英語新聞以及外國人平日情緒較為激動時說的英文，也能幫助讀者自己在意外狀況之中（例如：緊張、精神不濟……等等）仍能聽懂外國人說話。

學習首重方法，各位讀者認真地讀完這一本聽力訓練書之後，聽力必不可同日而語。祝福各位學習成功，也感謝教學同仁一直以來的支持與鼓勵。

郭岱宗
2009 年於淡江大學

突破聽力瓶頸

英語若要聽得輕鬆順暢，以下必備條件缺一不可：

1. 大幅地增加實用字彙庫：字彙愈深愈廣，聽力所能掌握的層面也就愈深愈廣，否則，一個字不認識，就會立刻將聽的速度拉下。不難想像，若是一段英文有五、六個字不認得，就如同墜入五里大霧之中，十分茫然，這也是為什麼《翻譯大師》系列的首要之務即是擴充讀者的字彙。學習字彙要斤斤計較！絕不浪費時間和精神於不常用到的單字，而要從身邊開始，也就是從生活化的單字開始，例如水果、飲食、心情、運動，逐漸往外擴展至專業字彙，例如新聞、外交、經濟等，才學得紮實。

2. 快速地提升擷取字彙的速度：「認得」一個字並不代表我們能在許多英文句子中，碰到它就可立刻聽得懂；我們要掌握字彙的「速度」，才能在任何情況之下都聽得輕鬆。因此我建議讀者在增進字彙的同時，也要增強「擷取字彙」的速度。最好的方法就是一個人說中文，另一個人分秒不差地譯為英文；反之亦然。

3. 快速而流暢地朗誦句子：要訓練聽力，「快速」地朗讀絕不可少。道理很簡單，如果連擺在眼前有文有字的東西，也就是明知是哪幾個英文字所組成的句子都唸得結結巴巴，那麼無文無字、只憑耳聽的句子，不是更難制服？正因為如此，《翻譯大師教你練聽力》就專為讀者設計聽力訓練。為了務實地紮根，句子由簡至繁，由短到長，由慢到快。讀者需要認真而耐心地按照我在書中所安排的順序，跟著 CD 一步一步往前跑。

4. 非常習慣聽「連音」：就聽力而言，英文和中文最大的差別在於英文是連音，而中文是斷音。既是連音，三個音節往往唸成兩個，甚至可能只剩一個音節，因為前字的字尾會連接下一個字的字首，這樣消失的音常使我們難以掌握全句的意涵。這也是為什麼《翻譯大師》系列的第三本書《翻譯大師教你學發音》要利用 CD 訓練讀者英語的「發音」和「連音」，而第四本就立刻訓練「聽力」。

在進入聽力之前，我先在下一節簡單地複習連音的重點。

📶 連音（Liaison） 🎧 Track *02*

① **Please stop it!** 請停止！

[pɪ]

只唸一個 s

② **We're in!** 我們進來了！

[rɪn]

③ **Please start doing it!** 請開始動手！

[ŋɪt]

只唸一個 s

t 和 d 是同一系列
的音，所以只發
後面的 d

④ **Tell him not to go.** 告訴他不要去。

[lɪm]

h 的音不見了   只保留一個 t

⑤ **Students' attitudes are direct.** 學生的反應是直接的。

[tsæ]   [dzɑr]

目錄 Contents

<Unit 1>
水果
Fruits

一、短句聽力訓練

1. **wax apple**	[ˋwæks ˋæpḷ]	n.	蓮霧（或 bell fruit [ˋbɛl ˋfrut]）
2. **crunchy**	[ˋkrʌntʃɪ]	adj.	脆的
3. **cracker**	[ˋkrækɚ]	n.	餅乾
4. **avocado**	[ˏævəˋkɑdo]	n.	酪梨
5. **spread**	[sprɛd]	v.	塗抹果醬、牛油等物
6. **kiwi**	[ˋkiwɪ]	n.	奇異果
7. **calcium**	[ˋkælsɪəm]	n.	鈣
8. **sugarcane**	[ˋʃugɚˏken]	n.	甘蔗
9. **durian**	[ˋdurɪən]	n.	榴槤
10. **rind**	[raɪnd]	n.	厚的果皮
11. **passion fruit**	[ˋpæʃən ˏfrut]	n.	百香果
12. **unique**	[juˋnik]	adj.	獨特的
13. **fragrance**	[ˋfregrəns]	n.	香氣
14. **longan**	[ˋlɑŋgən]	n.	龍眼
15. **lychee**	[ˋlaɪtʃɪ]	n.	荔枝
16. **haw**	[hɔ]	n.	山楂
17. **liver**	[ˋlɪvɚ]	n.	肝
18. **loquat**	[ˋlokwɑt]	n.	枇杷
19. **starfruit**	[ˋstarˏfrut]	n.	楊桃
20. **cease coughing**	[ˋsis ˋkɔfɪŋ]		止咳
21. **guava**	[ˋgwɑvə]	n.	芭樂

 **聽力特訓** Track 03

請聽 CD，並將聽到的英文句子譯為中文，每個句子會以不同速度唸三遍。

① 中譯 _____

▶▶ 正常速度 ▶ 分解速度 ▶▶▶ 速度訓練

② 中譯 _____

▶▶ 正常速度 ▶ 分解速度 ▶▶▶ 速度訓練

③ 中譯 _____

▶▶ 正常速度 ▶ 分解速度 ▶▶▶ 速度訓練

④ 中譯 _____

▶▶ 正常速度 ▶ 分解速度 ▶▶▶ 速度訓練

⑤ 中譯 _____

▶▶ 正常速度 ▶ 分解速度 ▶▶▶ 速度訓練

⑥ 中譯 _____

▶▶ 正常速度 ▶ 分解速度 ▶▶▶ 速度訓練

⑦ 中譯 _____

▶▶ 正常速度 ▶ 分解速度 ▶▶▶ 速度訓練

⑧ 中譯 _____

▶▶ 正常速度　▶ 分解速度　▶▶▶ 速度訓練

⑨ 中譯 _____

▶▶ 正常速度　▶ 分解速度　▶▶▶ 速度訓練

⑩ 中譯 _____

▶▶ 正常速度　▶ 分解速度　▶▶▶ 速度訓練

解答 Answers ....

中譯

① 我喜歡蓮霧，脆脆的。

② 抹些酪梨在餅乾上吧。

③ 奇異果富含鈣質和維他命 C。

④ 台灣人很喜歡甘蔗汁的滋味。

⑤ 榴槤的皮太厚了。

⑥ 百香果有股獨特的香味。

⑦ 龍眼和荔枝都是熱帶水果。

⑧ 聽說山楂片對肝臟好的。

⑨ 枇杷和楊桃可以止咳。

⑩ 這個芭樂太硬了，咬不動。

英 文

① **I like wax apples; they are crispy.**

② **Spread some avocado on your cracker.**

③ **Kiwis contain lots of calcium and Vitamin C.**

④ **Taiwanese people love the taste of sugarcane juice.**

⑤ **The rind of durians is too thick.**

⑥ **Passion fruit has a unique fragrance.**

⑦ **Longans and lychees are tropical fruits.**

⑧ **I've been told that haw flakes are good for the liver.**

⑨ **Loquats and starfruits cease coughing.**

⑩ **This guava is too hard to bite.**

二、長句聽力訓練

1. spit the seed			吐籽
2. the Mid-Autumn Festival			中秋節 (= the Moon Festival)
3. grapefruit	[ˋgrepˌfrut]	*n.*	葡萄柚
4. lime	[laɪm]	*n.*	檸檬（綠色的，黃色的是 lemon [ˋlɛmən]）
5. mulberry	[ˋmʌlˌbɛrɪ]	*n.*	桑椹
6. antelope	[ˋæntḷop]	*n.*	羚羊
7. cantaloupe	[ˋkæntḷˌop]	*n.*	哈密瓜（記憶方法：廣東人 (Cantonese) 愛吃哈密瓜，所以是 can 開頭）
8. backyard	[ˋbækjard]	*n.*	後院
9. blueberry	[ˋbluˌbɛrɪ]	*n.*	藍莓
10. cranberry	[ˋkrænˌbɛrɪ]	*n.*	小紅莓
11. at one fling			一口氣
12. cashew	[ˋkæʃu]	*n.*	腰果
13. pistachio	[pɪsˋtaʃɪˌo]	*n.*	開心果
14. persimmon	[pəˋsɪmən]	*n.*	柿子
15. pomelo	[ˋpaməlo]	*n.*	柚子
16. citrus	[ˋsɪtrəs]	*n./adj.*	柑橘類

 Track 04

請聽 CD，並將聽到的英文句子譯為中文，每個句子會以不同速度唸三遍。

① 中譯 _____

▶▶ 正常速度　▶ 分解速度　▶▶▶ 速度訓練

② 中譯 _____

▶▶ 正常速度　▶ 分解速度　▶▶▶ 速度訓練

③ 中譯 _____

▶▶ 正常速度　▶ 分解速度　▶▶▶ 速度訓練

④ 中譯 _____

▶▶ 正常速度　▶ 分解速度　▶▶▶ 速度訓練

⑤ 中譯 _____

▶▶ 正常速度　▶ 分解速度　▶▶▶ 速度訓練

解答 Answers

中譯

① 我有一次在泰國吃了榴槤，那個滋味真是難以形容。

② 我比較喜歡無籽的葡萄和西瓜，因為不需要吐籽。

③ 中國人在中秋節常吃月餅、柿子和柚子。

④ 葡萄柚、柚子、檸檬、柳丁以及橘子都屬柑橘類。

⑤ 我住的附近有幾棵桑樹，夏天都會結許多桑椹。

英　文

① I once ate some durian in Thailand. The taste is indescribable.

② I prefer seedless grapes and watermelons because they save me the trouble of spitting seeds.

③ Chinese people often eat moon cakes, persimmons and pomelos during the Mid-Autumn Festival.

④ Grapefruits, pomelos, lemons, oranges and tangerines are all citrus fruits.

⑤ There are a few mulberry trees near where I live, which grow lots of mulberries in the summer.

三、會話聽力訓練

聽力特訓 🎧 Track 05

請聽 **CD** 並將聽到的英文寫出來,對話會以不同速度唸三遍。

▶▶ 正常速度　▶ 分解速度　▶▶▶ 速度訓練

A _____

B _____

A _____

B _____

中譯

A：我喉嚨痛，咳了好幾天。

B：你可以吃一點梨子或楊桃，可以止咳，但是絕對不可以吃芒果和荔枝。

A：水果對我們的身體很好，因為富含纖維質、維他命、酵素，都是我們身體所需的。

B：堅果類做為點心也不錯。但不要吃太多了。

英文

A : My throat hurts. I've been coughing for days!

B : You can have some pears or starfruits which will cure coughing. You should absolutely not eat any mangos or lychees!

A : Fruits are good for the body because they are rich in fiber, vitamins, and enzymes which are essential to good health.

B : Nuts also make for excellent snacks as long as you don't eat too many of them.

<Unit 2>
肉
Meat

一、短句聽力訓練

單字打通關 🎧 Track 06

1. **drumstick**	[ˋdrʌmˌstɪk]	n.	雞腿
2. **processed meat**	[ˋprɑsɛst ˋmit]	n.	加工過的肉
3. **sausage**	[ˋsɔsɪdʒ]	n.	香腸
4. **bacon**	[ˋbekən]	n.	培根
5. **ground pork**	[ˋgraʊnd ˋpork]	n.	豬絞肉（ground 的原形爲 grind [graɪnd] 磨碎）
6. **dumpling**	[ˋdʌmplɪŋ]	n.	水餃
7. **patty**	[ˋpætɪ]	n.	漢堡用的碎牛肉（亦可稱爲 ground beef）
8. **carcinogenic**	[ˌkɑrsənoˋdʒɛnɪk]	adj.	致癌的
9. **mutton**	[ˋmʌtn̩]	n.	羊肉
10. **gamy**	[ˋgemɪ]	adj.	腥羶的
11. **deep-fry**	[ˋdipˋfraɪ]	v.	油炸
12. **scallion**	[ˋskæljən]	n.	蔥（也可稱爲 green onion）
13. **noodles**	[ˋnudl̩z]	n.	麵條（s 在字尾，音標雖然是 [z]，但仍唸 [s]）
14. **Bar B-Q grill**	[ˋgrɪl]	n.	烤肉架

請聽 **CD**，並將聽到的英文句子譯為中文，每個句子會以不同速度唸三遍。

① 中譯 _____

▶▶ 正常速度　▶ 分解速度　▶▶▶ 速度訓練

② 中譯 _____

▶▶ 正常速度　▶ 分解速度　▶▶▶ 速度訓練

③ 中譯 _____

▶▶ 正常速度　▶ 分解速度　▶▶▶ 速度訓練

④ 中譯 _____

▶▶ 正常速度　▶ 分解速度　▶▶▶ 速度訓練

⑤ 中譯 _____

▶▶ 正常速度　▶ 分解速度　▶▶▶ 速度訓練

⑥ 中譯 _____

▶▶ 正常速度　▶ 分解速度　▶▶▶ 速度訓練

⑦ 中譯 _____

▶▶ 正常速度　▶ 分解速度　▶▶▶ 速度訓練

⑧ 中譯 _____

▶▶ 正常速度　▶ 分解速度　▶▶▶ 速度訓練

⑨ 中譯 _____

▶▶ 正常速度　▶ 分解速度　▶▶▶ 速度訓練

⑩ 中譯 _____

▶▶ 正常速度　▶ 分解速度　▶▶▶ 速度訓練

中譯

① 父母通常都讓孩子吃雞腿。

② 加工肉品包括香腸、火腿和培根。

③ 我要買一點包水餃用的豬絞肉。

④ 我要買一點做漢堡用的碎牛肉。

⑤ 烤過的食物可能致癌。

⑥ 這個羊肉有一點腥。

⑦ 蔥要先炒過，再放到麵裡。

⑧ 你的烤肉架借我好不好？

⑨ 瘦肉的油脂比較少。

⑩ 這些豬肉鍋貼好油膩喔！

英 文

① **Parents usually let their children eat the drumsticks.**

② **Processed meat contains sausage, ham, and bacon.**

③ **I would like to buy some ground pork for dumplings.**

④ **I would like to buy some ground beef for hamburgers.**

⑤ **Grilled food may be carcinogenic.**

⑥ **This mutton is a bit gamey.**

⑦ **You should fry the scallions before putting them into the noodles.**

⑧ **May I borrow your Bar-B-Q grill?**

⑨ **Lean meat contains less fat.**

⑩ **These pork pot stickers are greasy!**

二、長句聽力訓練

單字打通關　 Track 07

1. **anemia**	[ə`nimɪə]	*n.*	貧血
2. **tuna**	[`tunə]	*n.*	鮪魚
3. **bland**	[blænd]	*adj.*	淡而無味的
4. **lamb**	[læm]	*n.*	小羊肉
5. **T-bone**	[`ti͵bon]	*n.*	丁骨牛排
6. **protein**	[`protiɪn]	*n.*	蛋白質

請聽 **CD** ，並將聽到的英文句子譯為中文，每個句子會以不同速度唸三遍。

① 中譯 _____

▶▶ 正常速度　▶ 分解速度　▶▶▶ 速度訓練

② 中譯 _____

▶▶ 正常速度　▶ 分解速度　▶▶▶ 速度訓練

③ 中譯 _____

▶▶ 正常速度　▶ 分解速度　▶▶▶ 速度訓練

④ 中譯 _____

▶▶ 正常速度　▶ 分解速度　▶▶▶ 速度訓練

⑤ 中譯 _____

▶▶ 正常速度　▶ 分解速度　▶▶▶ 速度訓練

中譯

① 快沒時間了，你確定這牛肉要用燉的嗎？為什麼不快炒呢？

② 牛肉富含蛋白質和鐵質，二者都被認為對貧血患者有幫助。

③ 你的三明治要加火腿、培根或鮪魚？

④ 這家餐館以小羊排和丁骨牛排出名。

⑤ 這個湯味道好淡，你是不是忘了加鹽？

英 文

① **We're running out of time. Are you sure you want to stew the beef instead of frying it?**

② **Beef is rich in protein and iron, both of which are known treatments of anemia.**

③ **Would you like to have ham, bacon, or tuna in your sandwich?**

④ **This restaurant is famous for its lamb and T-bone steaks.**

⑤ **This soup tastes bland. Did you forget to add salt?**

三、會話聽力訓練

聽力特訓 🎧 Track 08

請聽 **CD** 並將聽到的英文寫出來，對話會以不同速度唸三遍。

▶▶ 正常速度　▶ 分解速度　▶▶▶ 速度訓練

A _____

B _____

A _____

B _____

A _____

解答 Answers

中譯

A：又吃肉？我真是吃怕了！總有一天我會只吃素！

B：這個主意真不錯！蔬菜比較營養，也比較不會讓人發胖。

A：是啊。那我們乾脆開始早上只喝蔬果汁吧！

B：真棒！如果那樣的話，我一個月可以瘦10到15磅！

A：如果你持之以恆的話！

英 文

A : Meat again? I'm so tired of it that I'm thinking of becoming a vegetarian!

B : That's not a bad idea! Vegetables are more nutritious and less fattening.

A : Indeed. Why don't we start having nothing but vegetable juice for breakfast?

B : That'll be cool! Then I could lose 10 to 15 pounds within one month!

A : You could as long as you stick with it.

<Unit 3>
蔬 菜
Vegetables

一、短句聽力訓練

 單字打通關 Track 09

1. bean sprout(s)	[ˋbin ˋspraʊt(s)]	*n.*	豆芽
2. soggy	[ˋsɑgɪ]	*adj.*	軟軟爛爛的
3. spinach	[ˋspɪnɪtʃ]	*n.*	菠菜
4. broccoli	[ˋbrɑkəlɪ]	*n.*	綠花椰菜
5. cauliflower	[ˋkɔlə͵flaʊɚ]	*n.*	白花椰菜
6. kelp	[kɛlp]	*n.*	海帶（有人稱之為「昆布」）
7. nori	[ˋnorɪ]	*n.*	海苔
8. iodine	[ˋaɪə͵daɪn]	*n.*	碘
9. lettuce	[ˋlɛtɪs]	*n.*	萵苣
10. celery	[ˋsɛlərɪ]	*n.*	芹菜
11. okra	[ˋokrə]	*n.*	秋葵
12. organic	[ɔrˋgænɪk]	*adj.*	生機的
13. bitter gourd	[ˋbɪtɚ ˋgord]	*n.*	苦瓜
14. digestion	[daɪˋdʒɛstʃən]	*n.*	消化
15. sweet potato	[ˋswit ˋpə͵teto]	*n.*	地瓜
16. detoxify	[diˋtɑksə͵faɪ]	*v.*	排毒
17. eggplant	[ˋɛg͵plænt]	*n.*	茄子
18. eggplant sauce	[ˋɛg͵plænt ˋsɔs]	*n.*	茄子醬（中東菜醬料）

請聽 **CD**，並將聽到的英文句子譯為中文，每個句子會以不同速度唸三遍。

① 中譯 _____

▶▶ 正常速度　▶ 分解速度　▶▶▶ 速度訓練

② 中譯 _____

▶▶ 正常速度　▶ 分解速度　▶▶▶ 速度訓練

③ 中譯 _____

▶▶ 正常速度　▶ 分解速度　▶▶▶ 速度訓練

④ 中譯 _____

▶▶ 正常速度　▶ 分解速度　▶▶▶ 速度訓練

⑤ 中譯 _____

▶▶ 正常速度　▶ 分解速度　▶▶▶ 速度訓練

⑥ 中譯 _____

▶▶ 正常速度　▶ 分解速度　▶▶▶ 速度訓練

⑦ 中譯 _____

▶▶ 正常速度　▶ 分解速度　▶▶▶ 速度訓練

⑧ 中譯 _____

▸▸ 正常速度　▸ 分解速度　▸▸▸ 速度訓練

⑨ 中譯 _____

▸▸ 正常速度　▸ 分解速度　▸▸▸ 速度訓練

⑩ 中譯 _____

▸▸ 正常速度　▸ 分解速度　▸▸▸ 速度訓練

解答 Answers

中譯

① 這些豆芽都軟軟爛爛的。

② 菠菜麵好吃又營養。

③ 綠花椰菜和白花菜都可防癌。

④ 海帶和海苔富含碘。

⑤ 我的三明治可否加些萵苣？

⑥ 芹菜和秋葵都有助於減肥。

⑦ 生機蔬菜在市場中很受歡迎。

⑧ 苦瓜可以刺激消化。

⑨ 地瓜可以幫我們排毒。

⑩ 你的茄子醬要加幾個茄子？

英 文

① These bean sprouts are soggy.

② Spinach noodles are tasty and nutritious.

③ Broccoli and cauliflower prevent cancer.

④ Kelp and nori are rich in iodine.

⑤ Can I have some lettuce for my sandwich?

⑥ Celery and okra help in weight loss.

⑦ Organic vegetables are popular in the market.

⑧ Bitter gourd can stimulate digestion.

⑨ Sweet potatoes help detoxify the body.

⑩ How many eggplants do you need for your eggplant sauce?

二、長句聽力訓練

 聽力特訓 🎧 Track 10

請聽 **CD**,並將聽到的英文句子譯為中文,每個句子會以不同速度唸三遍。

① 中譯 _____

▶▶ 正常速度 ▶ 分解速度 ▶▶▶ 速度訓練

② 中譯 _____

▶▶ 正常速度 ▶ 分解速度 ▶▶▶ 速度訓練

③ 中譯 _____

▶▶ 正常速度 ▶ 分解速度 ▶▶▶ 速度訓練

④ 中譯 _____

▶▶ 正常速度 ▶ 分解速度 ▶▶▶ 速度訓練

⑤ 中譯 _____

▶▶ 正常速度 ▶ 分解速度 ▶▶▶ 速度訓練

解答 Answers

中譯

① 竹筍含有高纖維，可以治便秘。

② 青椒和肉絲一起炒很好吃，是一道有名的中國菜。

③ 芋頭可以蒸、可以油炸、也可做湯！

④ 南瓜燈是南瓜做的，小孩子在萬聖節最喜歡它。

⑤ 蓮藕和蓮子都可以清腸子。

英文

① **Bamboo shoots are high in fiber, which helps ease constipation.**

② **Green peppers and shredded pork are very delicious when they're fried together. It's a famous Chinese dish.**

③ **You can steam, fry, or even make soup with taros.**

④ **Jack-o'-lanterns are made from pumpkins, which children love on Halloween.**

⑤ **Lotus roots and lotus seeds cleanse the intestines.**

三、會話聽力訓練

聽力特訓 Track *11*

請聽 CD 並將聽到的英文寫出來，對話會以不同速度唸三遍。

▶▶ 正常速度　▶ 分解速度　▶▶▶ 速度訓練

A _____

B _____

A _____

B _____

A _____

中譯

A：我已經便秘一個禮拜了！

B：這樣不好，你中午和晚上可以吃一些高纖蔬菜。

A：你是指竹筍、綠花椰菜、秋葵嗎？這些我都不喜歡！

B：你應該試著喜歡！芹菜、牛蒡、地瓜也都有幫助！

A：我是肉食者，或許我該開始採用不同的飲食方式了吧！

英 文

A : I have been constipated for a week!

B : That isn't good. You should have some high-fiber vegetables at lunch and dinner.

A : You mean bamboo shoots, broccoli, and okra? I like none of them!

B : You should try to like them. Celery, burdock and sweet potatoes are also helpful.

A : I am a carnivore. Perhaps I should try to adopt a different diet!

<Unit 4>
飲 料
Drinks

一、短句聽力訓練

單字打通關 Track 12

1. **mineral water**	[ˋmɪnərəl ˋwɔtə]	n.	礦泉水
2. **cube of sugar**		n.	方糖（或 lump of sugar）
3. **milk shake**	[ˋmɪlk ʃek]	n.	奶昔
4. **instant coffee**	[ˋɪnstənt ˋkɔfɪ]	n.	即溶咖啡
5. **decaf**	[ˋdikæf]	n.	不含咖啡因的咖啡
6. **coffee grounds**	[ˋkɔfɪ ˋgraʊndz]	n.	咖啡渣
7. **jasmine tea**	[ˋdʒæsmɪn ˋti]	n.	香片
8. **herbal tea**	[ˋhɝbl̩ ˋti]	n.	花果茶
9. **proof**	[pruf]	n.	酒精濃度
10. **draft beer**	[ˋdræft ˋbɪr]	n.	生啤酒（或 draught beer）
11. **vodka**	[ˋvɑdkə]	n.	伏特加酒
12. **rum**	[rʌm]	n.	蘭姆酒
13. **soybean milk**	[ˋsɔɪˏbin ˋmɪlk]	n.	豆漿
14. **rice and peanut milk**		n.	米漿
15. **smoothie**	[ˋsmuðɪ]	n.	冰沙
16. **espresso**	[ɛsˋprɛso]	n.	濃縮咖啡
17. **cappuccino**	[ˏkɑpəˋtʃino]	n.	卡布奇諾咖啡

請聽 **CD**，並將聽到的英文句子譯為中文，每個句子會以不同速度唸三遍。

① 中譯 _____

▶▶ 正常速度　▶ 分解速度　▶▶▶ 速度訓練

② 中譯 _____

▶▶ 正常速度　▶ 分解速度　▶▶▶ 速度訓練

③ 中譯 _____

▶▶ 正常速度　▶ 分解速度　▶▶▶ 速度訓練

④ 中譯 _____

▶▶ 正常速度　▶ 分解速度　▶▶▶ 速度訓練

⑤ 中譯 _____

▶▶ 正常速度　▶ 分解速度　▶▶▶ 速度訓練

⑥ 中譯 _____

▶▶ 正常速度　▶ 分解速度　▶▶▶ 速度訓練

⑦ 中譯 _____

▶▶ 正常速度　▶ 分解速度　▶▶▶ 速度訓練

⑧ 中譯 _____

▶▶ 正常速度　▶ 分解速度　▶▶▶ 速度訓練

⑨ 中譯 _____

▶▶ 正常速度　▶ 分解速度　▶▶▶ 速度訓練

⑩ 中譯 _____

▶▶ 正常速度　▶ 分解速度　▶▶▶ 速度訓練

中譯

① 我想買一瓶礦泉水。

② 你的咖啡要加幾塊方糖？

③ 我要買一個巧克力奶昔。

④ 即溶咖啡三包50元。

⑤ 你們有沒有不含咖啡因的咖啡？

⑥ 這個檸檬汁是剛榨好的。

⑦ 她常把咖啡渣裝在一個小包裡，然後放在冰箱。

⑧ 你要喝香片還是花果茶？

⑨ 這個生啤酒的酒精濃度是多少？

⑩ 我常買汽水，尤其是百事可樂。

英 文

① I would like to buy a bottle of mineral water.

② How many lumps of sugar would you like for your coffee?

③ I would like to buy a chocolate milk shake.

④ The instant coffee is three packs for NT$50.

⑤ Do you carry decaf coffee?

⑥ This lemonade is freshly made.

⑦ She often bags coffee grounds and puts it in the refrigerator.

⑧ Would you like jasmine or herbal tea?

⑨ What's the proof of this draft beer?

⑩ I often buy soft drinks, especially Pepsi.

二、長句聽力訓練

請聽 CD，並將聽到的英文句子譯為中文，每個句子會以不同速度唸三遍。

① 中譯 _____

　　　　　　　▶▶ 正常速度　▶ 分解速度　▶▶▶ 速度訓練

② 中譯 _____

　　　　　　　▶▶ 正常速度　▶ 分解速度　▶▶▶ 速度訓練

③ 中譯 _____

　　　　　　　▶▶ 正常速度　▶ 分解速度　▶▶▶ 速度訓練

④ 中譯 _____

　　　　　　　▶▶ 正常速度　▶ 分解速度　▶▶▶ 速度訓練

⑤ 中譯 _____

　　　　　　　▶▶ 正常速度　▶ 分解速度　▶▶▶ 速度訓練

中譯

① 一般說來，男士較喜歡喝含酒精的飲料，女士則較喜歡非酒精飲料。

② 那張桌子點了一杯伏特加和兩杯蘭姆酒。伏特加是男士的，而兩杯蘭姆酒則是女士的。

③ 台灣人早餐經常喝豆漿或米漿。

④ 我以前好喜歡草莓冰沙，但是現在我已經改成喜歡香草奶昔了。

⑤ 她以前喝咖啡要加三塊方糖，但是自從她發現自己有糖尿病以後，現在喝咖啡什麼都不加。

英　文

① Generally, men like hard drinks whereas women prefer soft drinks.

② That table has ordered vodka and two rums. The vodka is for the man and the rum is for the ladies.

③ Taiwanese people often have soybean milk or rice and peanut milk for breakfast.

④ I used to love strawberry smoothies, but now I have switched to vanilla milk shakes.

⑤ Instead of taking three lumps of sugar with her coffee, she now takes it black because of her diabetes.

三、會話聽力訓練

聽力特訓　 Track 14

請聽 CD 並將聽到的英文寫出來，對話會以不同速度唸三遍。

▸▸ 正常速度　▸ 分解速度　▸▸▸ 速度訓練

A _____

B _____

A _____

B _____

中譯

A：我有一年半沒來這家咖啡廳，和以前完全不一樣了！

B：對，他們以前只賣不含酒精的飲料，現在兩者兼賣，這樣才能招攬更多顧客。

A：沒錯！我和平常一樣，來一杯濃縮咖啡。今晚又要開夜車，明天就要交報告了。

B：我只要一杯不含咖啡因的卡布奇諾和幾片手工巧克力餅乾。

英 文

A : I haven't been to this coffee shop in a year and a half! It looks completely different from before.

B : Yup! They used to serve only soft drinks. Now they serve both soft and hard ones in order to accommodate more customers.

A : Right. I'll have one espresso as usual because I'll have to burn the midnight oil again to finish my paper, which is due tomorrow.

B : I'll just have a decaf cappuccino and a few hand-made chocolate cookies.

<Unit 5>
夜市
Night Markets

一、短句聽力訓練

 單字打通關 🎧 Track *15*

1. turnip cake	[`tɜnɪp `kek]	*n.*	蘿蔔糕
2. spring roll	[`sprɪŋ `rol]	*n.*	春捲
3. mutton hot pot	[`mʌtŋ `hɑt͵pɑt]	*n.*	羊肉爐
4. oyster omelet	[`ɔɪstɚ `ɑmlɪt]	*n.*	蚵仔煎
5. fish ball soup	[`fɪʃ `bɔl ͵sup]	*n.*	魚丸湯
6. sliced noodles	[`slaɪst `nudl̩z]	*n.*	刀削麵
7. disposable chopsticks	[dɪ`spozəbl̩ `tʃɑp͵stɪks]	*n.*	免洗筷
8. toxic	[`tɑksɪk]	*adj.*	有毒性的
9. red bean soup	[`rɛd `bin ͵sup]	*n.*	紅豆湯
10. rice ball	[`raɪs `bɔl]	*n.*	湯圓
11. food stand	[`fud `stænd]	*n.*	小吃攤
12. street vender	[`strit `vɛndɚ]	*n.*	攤販
13. tofu pudding	[`tofu `pʊdɪŋ]	*n.*	豆花

請聽 CD，並將聽到的英文句子譯為中文，每個句子會以不同速度唸三遍。

① 中譯 _____

▶▶ 正常速度　▶ 分解速度　▶▶▶ 速度訓練

② 中譯 _____

▶▶ 正常速度　▶ 分解速度　▶▶▶ 速度訓練

③ 中譯 _____

▶▶ 正常速度　▶ 分解速度　▶▶▶ 速度訓練

④ 中譯 _____

▶▶ 正常速度　▶ 分解速度　▶▶▶ 速度訓練

⑤ 中譯 _____

▶▶ 正常速度　▶ 分解速度　▶▶▶ 速度訓練

⑥ 中譯 _____

▶▶ 正常速度　▶ 分解速度　▶▶▶ 速度訓練

⑦ 中譯 _____

▶▶ 正常速度　▶ 分解速度　▶▶▶ 速度訓練

⑧ 中譯 _____

▸▸ 正常速度　▸ 分解速度　▸▸▸ 速度訓練

⑨ 中譯 _____

▸▸ 正常速度　▸ 分解速度　▸▸▸ 速度訓練

⑩ 中譯 _____

▸▸ 正常速度　▸ 分解速度　▸▸▸ 速度訓練

解答 Answers

中譯

① 我們全家都愛吃蘿蔔糕和春捲。

② 冬天來一鍋羊肉爐，身體馬上就暖起來了。

③ 淡水的蚵仔煎和魚丸湯都很有名。

④ 我喜歡刀削麵，嚼勁十足。

⑤ 士林夜市賣各式各樣的台灣小吃。

⑥ 我不喜歡用免洗筷，因為有毒。

⑦ 紅豆湯圓真是百吃不膩。

⑧ 那家小吃攤老是擠滿了人。

⑨ 警察一來，攤販就不見了。

⑩ 豆花又嫩又香，大人小孩都愛吃。

英 文

① My whole family loves to eat turnip cakes and spring rolls.

② A mutton hot pot in winter warms you up immediately.

③ The oyster omelets and fish balls in Tamsui are famous.

④ I like sliced noodles because they are chewy.

⑤ All kinds of Taiwanese snacks can be found in the Shihlin Night Market.

⑥ I don't like to use disposable chopsticks because they are toxic.

⑦ I never get tired of red bean soup with rice balls.

⑧ That little food stand is always crowded with customers.

⑨ The vendors disappear as soon as policemen appear.

⑩ Tofu pudding is tender and tasty, and is liked by both adults and children.

二、長句聽力訓練

 單字打通關 Track 16

1. **Vitamin B complex** [ˋvaɪtəmɪn ˋbi ˋkɑmplɛks] *n.* 維他命 B 群
2. **hot grass jelly** [ˋhɑt ˋgræs ˋdʒɛlɪ] *n.* 燒仙草
3. **corn starch** [ˋkɔrn ˋstɑrtʃ] *n.* 澱粉
4. **pearl** [pɝl] *n.* 珍珠
5. **bubble tea** [ˋbʌbḷ ˋti] *n.* 珍珠奶茶
6. **papaya milk** [pəˋpaɪə ˋmɪlk] *n.* 木瓜牛奶
7. **stool** [stul] *n.* 凳子

 Track 16

請聽 **CD**，並將聽到的英文句子譯為中文，每個句子會以不同速度唸三遍。

① 中譯 _____

▶▶ 正常速度　▶ 分解速度　▶▶▶ 速度訓練

② 中譯 _____

▶▶ 正常速度　▶ 分解速度　▶▶▶ 速度訓練

③ 中譯 _____

▶▶ 正常速度　▶ 分解速度　▶▶▶ 速度訓練

④ 中譯 _____

▶▶ 正常速度　▶ 分解速度　▶▶▶ 速度訓練

⑤ 中譯 _____

▶▶ 正常速度　▶ 分解速度　▶▶▶ 速度訓練

中譯

① 紅豆湯含有維他命 B 群還有鐵質，我們可以常吃，但是不要吃太甜的。

② 燒仙草是台灣人很喜歡的一道甜點，裡面有青草、澱粉、紅豆、珍珠和花生。

③ 我喜歡喝芋頭珍珠奶茶，因為芋頭奶茶很香，而且珍珠又滑又 Q。

④ 聽說木瓜牛奶是從高雄發跡的，不過現在全台灣都喝得到了。

⑤ 你幫我找個小凳子，好不好？我的腳好痠！

英 文

① Red bean soup contains Vitamin B complex and iron, so we should eat it often as long as it's not too sweet.

② Hot grass jelly is a very popular sweet Taiwanese snack. It has herbs, starch, red beans, pearls and peanuts in it.

③ I like to drink taro-flavored bubble tea because it smells good and the pearls are smooth and chewy!

④ I've heard people first started drinking papaya milk in Kaohsiung. Now it can be found all over the island.

⑤ Can you find a stool for me? My feet are sore! (※請注意，中文說：腳「痠」，英文卻不是 sour)

三、會話聽力訓練

1. **starving**	[ˋstɑrvɪŋ]	*adj.*	餓扁了
2. **fried rice noodles**	[ˋfraɪd ˋraɪs ˏnudl̩z]	*n.*	炒米粉
3. **oyster vermicelli**	[ˋɔɪstɚ ˏvɚmɚˋsɛlɪ]	*n.*	蚵仔麵線
4. **mouth is watering**			流口水
5. **smelly tofu**	[ˋsmɛlɪ ˋtofu]	*n.*	臭豆腐
6. **clam soup**	[ˋklæm ˋsup]	*n.*	蛤仔湯
7. **rice with braised pork**			滷肉飯
8. **sulphur dioxide**	[ˋsʌlfɚ ˏdaɪˋɑksaɪd]	*n.*	二氧化硫
9. **carcinogen**	[kɑrˋsɪnədʒən]	*n.*	致癌物

請聽 **CD** 並將聽到的英文寫出來，對話會以不同速度唸三遍。

▸▸ 正常速度 ▸ 分解速度 ▸▸▸ 速度訓練

Ⓐ _____

Ⓑ _____

Ⓐ _____

Ⓑ _____

Ⓐ _____

解答 Answers

中譯

A：喂，我們放學去士林夜市好不好？

B：當然好！我快餓扁了。我一想到炒米粉和蚵仔麵線，口水就要流出來了。

A：我也一樣。我一定要吃臭豆腐、魯肉飯，還要一個蛤仔湯。

B：然後我們再去喝珍珠奶茶！你喝原味，我喝芋頭，然後我們可以共享！

A：別忘了帶自己的筷子哦！免洗筷含二氧化硫，那可是會致癌的！

英 文

A : Hey, would you like to go to Shihlin Night Market after school?

B : Of course, I'm starving! My mouth waters when I think of the fried rice noodles and oyster vermicelli.

A : Me too. I am going to eat smelly tofu, rice with braised pork and clam soup.

B : Then we will have bubble tea. You can have the original flavor. I'll take taro. Then we can switch.

A : Don't forget to bring your own chopsticks. Disposable ones contain sulphur dioxide, which is carcinogenic!

<Unit 6>
臉部與頭部
Face and
Head

一、短句聽力訓練

 單字打通關 **Track** *18*

1. **bump**	[bʌmp]	*n.*	疙瘩
2. **pore**	[por]	*n.*	毛孔
3. **annoying**	[ə`nɔɪɪŋ]	*adj.*	令人心煩的
4. **philtrum**	[`fɪltrəm]	*n.*	人中
5. **goose bumps**	[`gus `bʌmps]	*n.*	雞皮疙瘩
6. **mole**	[mol]	*n.*	痣
7. **pimple**	[`pɪmpl̩]	*n.*	青春痘
8. **pockmark**	[`pɑk͵mɑrk]	*n.*	痘疤
9. **gum**	[gʌm]	*n.*	牙齦
10. **pick nose**		*v.*	摳鼻子
11. **trim**	[trɪm]	*v.*	修剪
12. **eyebrow(s)**	[`aɪ͵braʊ(z)]	*n.*	眉毛
13. **vocal cords**	[`vokl̩ `kɔrdz]	*n.*	聲帶（s 不可省略）

聽力特訓　Track 18

請聽 **CD**，並將聽到的英文句子譯為中文，每個句子會以不同速度唸三遍。

① 中譯 _____

▸▸ 正常速度　▸ 分解速度　▸▸▸ 速度訓練

② 中譯 _____

▸▸ 正常速度　▸ 分解速度　▸▸▸ 速度訓練

③ 中譯 _____

▸▸ 正常速度　▸ 分解速度　▸▸▸ 速度訓練

④ 中譯 _____

▸▸ 正常速度　▸ 分解速度　▸▸▸ 速度訓練

⑤ 中譯 _____

▸▸ 正常速度　▸ 分解速度　▸▸▸ 速度訓練

⑥ 中譯 _____

▸▸ 正常速度　▸ 分解速度　▸▸▸ 速度訓練

⑦ 中譯 _____

▸▸ 正常速度　▸ 分解速度　▸▸▸ 速度訓練

⑧ 中譯 _____

▶▶ 正常速度　▶ 分解速度　▶▶▶ 速度訓練

⑨ 中譯 _____

▶▶ 正常速度　▶ 分解速度　▶▶▶ 速度訓練

⑩ 中譯 _____

▶▶ 正常速度　▶ 分解速度　▶▶▶ 速度訓練

中譯

① 我臉頰上長了一個疙瘩。

② 我鼻子上的毛孔好粗大，真煩人。

③ 中國人相信，人中愈長，命就愈長。

④ 我一聽到這個消息，雞皮疙瘩就起來了。

⑤ 我想把這個痣點掉。

⑥ 我以前長好多青春痘，現在臉上還有一些痘疤呢。

⑦ 健康的牙齦是粉紅色的。

⑧ 不要在公共場所摳鼻子。

⑨ 你要不要把眉毛修一下？

⑩ 我們要從年輕就開始保養聲帶。

英 文

① **There's a bump on my face.**

② **My nose pores are big. It's quite annoying.**

③ **Chinese believe that a long philtrum represents a long life.**

④ **I got goose bumps the minute I heard the news.**

⑤ **I would like to have this mole removed.**

（※因為不是自己點痣，所以用使役動詞）

⑥ **I used to have lots of pimples; even now I still have some pockmarks on my face.**

⑦ **Healthy gums are pink.**

⑧ **Don't pick your nose in public.**

⑨ **Would you like to have your eyebrows trimmed?**

（※請別人修，用使役動詞）

⑩ **We need to protect our vocal cords while we are young.**

二、長句聽力訓練

 單字打通關 Track *19*

1. upper lip	[ˋʌpɚ ˋlɪp]	*n.*	上唇
2. blister	[ˋblɪstɚ]	*n.*	水泡
3. forehead	[ˋfɔrˏhɛd]	*n.*	額頭
4. earlobe(s)	[ˋɪrˏlob(z)]	*n.*	耳垂
5. hangover	[ˋhæŋˏovɚ]	*n.*	宿醉
6. temple(s)	[ˋtɛmpḷ(z)]	*n.*	太陽穴
7. blind spot	[ˋblaɪnd ˋspɑt]	*n.*	盲點
8. whiten	[ˋhwaɪtṇ]	*v.*	美白
9. freckle(s)	[ˋfrɛkḷ(z)]	*n.*	雀斑
10. Dorothy Day	[ˋdɔrəθɪ ˋde]	*n.*	桃樂思黛（60年代有名的歌星，又稱為「雀斑姑娘」)

 Track 19

請聽 CD，並將聽到的英文句子譯為中文，每個句子會以不同速度唸三遍。

① 中譯 _____

▶▶ 正常速度　▶ 分解速度　▶▶▶ 速度訓練

② 中譯 _____

▶▶ 正常速度　▶ 分解速度　▶▶▶ 速度訓練

③ 中譯 _____

▶▶ 正常速度　▶ 分解速度　▶▶▶ 速度訓練

④ 中譯 _____

▶▶ 正常速度　▶ 分解速度　▶▶▶ 速度訓練

⑤ 中譯 _____

▶▶ 正常速度　▶ 分解速度　▶▶▶ 速度訓練

中譯

① 你的上唇有一個水泡，是不是昨天吃火鍋時被燙到了？

② 中國人相信，額頭又寬又大的人，一定很聰明；而耳垂大的人，則很好命。

③ 我昨晚喝了酒，頭好痛，幫我按摩一下太陽穴好不好？

④ 她很有語言天份，但是完全沒有方向感，這正是她的弱點。

⑤ 別再美白了，其實臉上有些雀斑也是挺可愛的，以前有一個女星桃樂思黛，就是可愛的雀斑姑娘！

英 文

① There's a blister on your upper lip. Were you burned last night when you had hot pot?

② Chinese believe that someone with a broad and large forehead must be smart, while someone with large earlobes will have a good life.

③ I got a hangover from last night. My head aches! Would you please massage my temples?

④ She is quite talented when it comes to languages, but her weakness is that she is easily disoriented.

⑤ Stop whitening. A few freckles on the face are actually cute. There used to be a singer, Dorothy Day, who is known for her cute freckles.

三、會話聽力訓練

 單字打通關 Track 20

1. **cosmetic surgeon**	[kɑz`mɛtɪk `sɝdʒən]	*n.*	美容醫師
2. **boil**	[bɔɪl]	*n.*	瘡
3. **shrink**	[ʃrɪŋk]	*v.*	縮小
4. **temporary**	[`tɛmpəˌrɛrɪ]	*adj.*	暫時的
5. **sweat**	[swɛt]	*v./n.*	流汗／汗
6. **afford**	[ə`ford]	*v.*	負擔得起
7. **light**	[laɪt]	*adj.*	清淡的

 **聽力特訓** Track 20

請聽 CD 並將聽到的英文寫出來，對話會以不同速度唸三遍。

▶▶ 正常速度　▶ 分解速度　▶▶▶ 速度訓練

A _____

B _____

A _____

B _____

中譯

A：我的皮膚好差，我要去找整型醫師把皮膚整理整理。

B：我也一樣，我的毛孔好粗、滿臉痘疤、右邊太陽穴還長一個瘡，還有很深的抬頭紋！我們一起去吧！

A：可是手術很貴耶！光是磨痘疤就要好幾萬台幣，而且，縮毛孔也只是暫時有效而已！

B：美麗是無價的！但是目前我實在負擔不起去治療。這樣吧，我們一起運動、流汗、多喝水、吃清淡的食物，看看會不會不花錢就變成美女！

英 文

A : My skin is really bad. I want to see a cosmetic surgeon to have my skin fixed.（※找人修整皮膚是「使役」動詞）

B : So is mine! My pores are large, my face is full of pockmarks, I've got a boil on my right temple, and I have deep forehead lines! Let's go together!

A : But surgeries are quite expensive. The pockmarks alone would cost tens of thousands of NT. Besides, pores can only be shrunk temporarily.

B : Beauty is priceless. But I cannot afford any treatment at the moment. Maybe if we exercise, sweat, drink lots of water, and eat light food, we'll become beautiful without having to spend money.

<Unit 7>
身體部位
Parts of Body

一、短句聽力訓練

單字打通關 🎧 Track 21

1. fist	[fɪst]	*n.*	拳頭
2. high heel(s)	[ˋhaɪ ˋhil(z)]	*n.*	高跟鞋
3. how often			多久一次
4. belly button	[ˋbɛlɪ ˋbʌtn̩]	*n.*	肚臍（＝navel）
5. pierce	[pɪrs]	*v.*	穿孔
6. armpit odor	[ˋɑrmˏpɪt ˋodɚ]	*n.*	狐臭
7. sanguine	[ˋsæŋgwɪn]	*adj.*	氣色紅潤的
8. emaciated	[ɪˋmeʃɪˏetɪd]	*adj.*	憔悴的
9. slim	[slɪm]	*adj.*	苗條的
10. index finger	[ˋɪndɛks ˋfɪŋgɚ]	*n.*	食指（＝pointer）
11. middle finger	[ˋmɪdl̩ ˋfɪŋgɚ]	*n.*	中指（＝tall man）

 **Track** *21*

請聽 CD，並將聽到的英文句子譯為中文，每個句子會以不同速度唸三遍。

① 中譯 _____
▶▶ 正常速度　▶ 分解速度　▶▶▶ 速度訓練

② 中譯 _____
▶▶ 正常速度　▶ 分解速度　▶▶▶ 速度訓練

③ 中譯 _____
▶▶ 正常速度　▶ 分解速度　▶▶▶ 速度訓練

④ 中譯 _____
▶▶ 正常速度　▶ 分解速度　▶▶▶ 速度訓練

⑤ 中譯 _____
▶▶ 正常速度　▶ 分解速度　▶▶▶ 速度訓練

⑥ 中譯 _____
▶▶ 正常速度　▶ 分解速度　▶▶▶ 速度訓練

⑦ 中譯 _____
▶▶ 正常速度　▶ 分解速度　▶▶▶ 速度訓練

⑧ 中譯 _____

⟩▶ 正常速度　▶ 分解速度　▶▶▶ 速度訓練

⑨ 中譯 _____

⟩▶ 正常速度　▶ 分解速度　▶▶▶ 速度訓練

⑩ 中譯 _____

⟩▶ 正常速度　▶ 分解速度　▶▶▶ 速度訓練

中譯

① 把拳頭握起來。

② 我不喜歡穿高跟鞋，每次穿大腳趾都會痛。

③ 你多久剪一次指甲？

④ 她在肚臍上穿了一個孔，每天帶肚環。

⑤ 為什麼人會為了別人而傷害自己的身體，例如隆乳？

⑥ 她的腋下有異味。

⑦ 你是如何保持氣色紅潤的？

⑧ 你今天看起來很憔悴，又熬夜啦？

⑨ 真羨慕你，不管怎麼吃，都那麼苗條！

⑩ 我的食指比中指長，這很少見！

英文

① **Make a fist.**

② **I do not like to wear high heels. My big toes always hurt when I wear them.**

③ **How often do you cut your nails?**

④ **She had her belly button pierced and wears a belly ring everyday.**

⑤ **Why would anyone hurt themselves for the benefit of others? Like breast implants?**

⑥ **She's got armpit odor.**

⑦ **How do you keep yourself sanguine all the time?**

⑧ **You look emaciated today. Did you stay up again?**

⑨ **I really envy you. You always look slender no matter what you eat.**

⑩ **My index finger is longer than my middle one. This is rare!**

二、長句聽力訓練

1. **stout**	[staʊt]	*adj.*	壯碩的
2. **sturdy**	[ˋstɝdɪ]	*adj.*	肌肉結實的
3. **gymnasium**	[dʒɪmˋnezɪəm]	*n.*	健身房
4. **work out**		*v.*	健身
5. **resemble**	[rɪˋzɛmbļ]	*v.*	像
6. **plump**	[plʌmp]	*adj.*	胖嘟嘟的
7. **fingerprint(s)**	[ˋfɪŋgɚˏprint(s)]	*n.*	指紋
8. **read the palm**			看手相
9. **fortuneteller**	[ˋfɔrtʃənˏtɛlɚ]	*n.*	算命的人
10. **waist**	[west]	*n.*	腰
11. **love handle**	[ˋlʌv ˋhændļ]	*n.*	腰部突出的一圈肥肉
12. **butt**	[bʌt]	*n.*	屁股
13. **belly**	[ˋbɛlɪ]	*n.*	肚子

聽力特訓

 Track *22*

請聽 **CD**，並將聽到的英文句子譯為中文，每個句子會以不同速度唸三遍。

① 中譯 _____

▸▸ 正常速度　▸ 分解速度　▸▸▸ 速度訓練

② 中譯 _____

▸▸ 正常速度　▸ 分解速度　▸▸▸ 速度訓練

③ 中譯 _____

▸▸ 正常速度　▸ 分解速度　▸▸▸ 速度訓練

④ 中譯 _____

▸▸ 正常速度　▸ 分解速度　▸▸▸ 速度訓練

⑤ 中譯 _____

▸▸ 正常速度　▸ 分解速度　▸▸▸ 速度訓練

中譯

① 他每隔一天就去健身房健身,所以他的肩膀又寬又厚,胸部也很結實,看起來很壯碩!

② 我像我爸爸,不管怎麼減肥,看起來總是胖嘟嘟的。

③ 自從911事件之後,美國移民局都會請旅客在機場按指紋。

④ 你會看手相啊?曾經有一個算命的人看了我的手相之後,說我以後會從商。

⑤ 妳的腰好細哦!我的腰間一團肉、屁股也大、肚子也肥!這些肥肉真是甩也甩不掉!

英 文

① He works out at the gym every other day, which has given him broad, thick shoulders and a sturdy chest. It makes him look quite stout.

② I'm just like my dad. I will always look plump no matter how much I try to lose weight.

③ After the 911 incident, US immigration asks all travelers to leave their fingerprints at the airport.

④ You know how to read a palm? A fortuneteller once said that I would be in business after he read my palm.

⑤ You have a small waist! I've got love handles, a big butt, and a fat belly. The fat just won't go away!

三、會話聽力訓練

聽力特訓 🎧 Track 23

請聽 **CD** 並將聽到的英文寫出來，對話會以不同速度唸三遍。

▶▶ 正常速度 ▶ 分解速度 ▶▶▶ 速度訓練

A _____

B _____

A _____

B _____

中譯

A：你怎麼啦？你看起來好憔悴耶！

B：對啊！我昨晚趕一篇提案，今天一早就要交！這個工作真是讓我精疲力竭！

A：是啊！我記得你以前都是紅光滿面的，而且嗓門很大！

B：可不是！我以前天天運動，現在是天天熬夜！我可能該換工作了！

英　文

A : What happened? You look emaciated!

B : I know. I was working on a proposal last night which is due this morning. This job is exhausting me!

A : Yes. I remember you used to look sanguine and speak with a big voice!

B : I did! I used to exercise everyday, but now I stay up every night! Perhaps I need to get a new job.

<Unit 8>

人物形象
Images of People

一、短句聽力訓練

1. **altruistic**	[ˌæltru`ɪstɪk]	*adj.*	博愛的
2. **tolerant**	[`tɑlərənt]	*adj.*	寬容的
3. **extroverted**	[`ɛkstro͵vɝtɪd]	*adj.*	外向的
4. **introverted**	[`ɪntrə͵vɝtɪd]	*adj.*	內向的
5. **shrewd**	[ʃrud]	*adj.*	精明的
6. **sly**	[slaɪ]	*adj.*	陰險的
7. **ignorant**	[`ɪgnərənt]	*adj.*	無知的
8. **miser**	[`maɪzə]	*n.*	守財奴
9. **fair-weather friend**	[`fɛr͵wɛðə `frɛnd]	*n.*	酒肉朋友
10. **superiority complex**	[sə͵pɪrɪ`ɔrətɪ `kamplɛks]	*n.*	優越感
11. **hotshot**	[`hɑt͵ʃɑt]	*n.*	自命不凡的人
12. **look in the mirror**			照鏡子
13. **snobbish**	[`snɑbɪʃ]	*adj.*	勢利的
14. **narrow-minded**	[`næro`maɪndɪd]	*adj.*	心胸狹窄的
15. **forgiving**	[fə`gɪvɪŋ]	*adj.*	寬大的
16. **inferiority complex**	[ɪn͵fɪrɪ`ɔrətɪ͵rɪʃ`nɪ]	*n.*	自卑感

聽力特訓

請聽 CD，並將聽到的英文句子譯為中文，每個句子會以不同速度唸三遍。

① 中譯 _____

▶▶ 正常速度　▶ 分解速度　▶▶▶ 速度訓練

② 中譯 _____

▶▶ 正常速度　▶ 分解速度　▶▶▶ 速度訓練

③ 中譯 _____

▶▶ 正常速度　▶ 分解速度　▶▶▶ 速度訓練

④ 中譯 _____

▶▶ 正常速度　▶ 分解速度　▶▶▶ 速度訓練

⑤ 中譯 _____

▶▶ 正常速度　▶ 分解速度　▶▶▶ 速度訓練

⑥ 中譯 _____

▶▶ 正常速度　▶ 分解速度　▶▶▶ 速度訓練

⑦ 中譯 _____

▶▶ 正常速度　▶ 分解速度　▶▶▶ 速度訓練

⑧ 中譯 _____

▶▶ 正常速度　▶ 分解速度　▶▶▶ 速度訓練

⑨ 中譯 _____

▶▶ 正常速度　▶ 分解速度　▶▶▶ 速度訓練

⑩ 中譯 _____

▶▶ 正常速度　▶ 分解速度　▶▶▶ 速度訓練

解答 Answers

中譯

① 我們都應該學習無私地去愛別人。

② 我爸爸比我媽對我寬容。

③ 他外向而我內向。

④ 我喜歡精明而善良之人，討厭愚笨卻陰險之人。

⑤ 你已經30歲了，還那麼無知！

⑥ 我常想：守財奴會擁有一個快樂的人生嗎？

⑦ 我們也需要幾個酒肉朋友來增進生活樂趣。

⑧ 如果你要交朋友，就必須拋開你的自卑感。

⑨ 那個自命不凡的傢伙應該照照鏡子。

⑩ 你絕對不可嫁給父母心胸狹小或勢利眼的人。

英文

① We should learn to be altruistic.

② My dad is more forgiving than my mom.

③ He is extroverted, but I am introverted.

④ I like those who are shrewd but loving and hate those who are stupid but sly.

⑤ How can you be so ignorant when you are already 30 years old!

⑥ I often wonder whether misers can live a happy life.

⑦ We also need a few fair-weather friends to add fun to life.

⑧ You must abandon your inferiority complex if you wish to make friends.

⑨ That hotshot should look at himself in the mirror.

⑩ You will never marry someone whose parents are narrow-minded or snobbish.

二、長句聽力訓練

 單字打通關 Track 25

1. narcissistic	[ˌnɑrsɪˈsɪstɪk]	*adj.*	自戀的
2. scornful	[ˈskɔrnfəl]	*adj.*	瞧不起人的
3. energetic	[ˌɛnəˈdʒɛtɪk]	*adj.*	充滿活力的
4. optimistic	[ˌɑptəˈmɪstɪk]	*adj.*	樂觀的
5. workaholic	[ˌwɜkəˈhɑlɪk]	*n.*	工作狂
6. forgetful	[fɚˈgɛtfəl]	*adj.*	健忘的
7. hypocrite	[ˈhɪpəˌkrɪt]	*n.*	偽君子
8. two-faced	[ˈtuˈfest]	*adj.*	雙面人的
9. jerk	[dʒɜk]	*n.*	混蛋

請聽 **CD**，並將聽到的英文句子譯為中文，每個句子會以不同速度唸三遍。

① 中譯 _____

▶▶ 正常速度　▶ 分解速度　▶▶▶ 速度訓練

② 中譯 _____

▶▶ 正常速度　▶ 分解速度　▶▶▶ 速度訓練

③ 中譯 _____

▶▶ 正常速度　▶ 分解速度　▶▶▶ 速度訓練

④ 中譯 _____

▶▶ 正常速度　▶ 分解速度　▶▶▶ 速度訓練

⑤ 中譯 _____

▶▶ 正常速度　▶ 分解速度　▶▶▶ 速度訓練

中譯

① 站在門口的那個男孩非常自戀，經常看不起身邊的人。

② 我們應該養成一個勤奮、充滿活力、樂觀又隨和的人生態度。

③ 我們銷售部的經理是工作狂，他每週工作七天，一天工作 10 到 15 小時。

④ 我年輕時記憶力好得驚人，現在是愈老愈健忘了。

⑤ 我不會再相信你這個偽君子了，你真是個表裡不一的混蛋！

英文

① **The boy standing at the door is quite narcissistic. He is scornful to people.**

② **We should build up an attitude toward life which is diligent, energetic, optimistic and easygoing.**

③ **The manager of the sales department is a workaholic. He works from 10 to 15 hours a day, seven days a week.**

④ **I had an amazingly great memory when I was young. Age has made me forgetful.**

⑤ **I will never believe a hypocrite like you any more. You are a two-faced jerk!**

三、會話聽力訓練

單字打通關 🎧 Track 26

1. **generous**	[ˋdʒɛnərəs]	*adj.*	大方的
2. **love affair**	[ˋlʌv əˋfɛr]	*n.*	外遇
3. **extramarital relation**	[͵ɛkstrəˋmærɪtl͏̩ rɪˋleʃən]	*n.*	婚外情
4. **one night stand**	[ˋwʌn ˋnaɪt ˋstænd]	*n.*	一夜情
5. **betray**	[bɪˋtre]	*v.*	背叛
6. **divorce**	[dəˋvors]	*v./n.*	離婚

聽力特訓 🎧 Track 26

請聽 CD 並將聽到的英文寫出來，對話會以不同速度唸三遍。

▸▸ 正常速度　▸ 分解速度　▸▸▸ 速度訓練

A _____

B _____

A _____

B _____

A _____

解答 Answers ....

中譯

A：我羨慕你有這麼好的丈夫，他不但大方，而且對妳百般容忍。

B：你的也不錯啊，Frank 有創造力、個性又很好。他只是還不太成熟，再給他一點時間吧！

A：你們都被他矇騙了。他是個雙面人！那個混蛋居然瞞著我搞外遇！

B：他是認真的？還是只是一夜情？

A：不管是哪一種，他已經背叛了我，我一定要和他離婚。

英 文

A : I envy that you have such a great husband who is not only generous, but also tolerant.

B : Yours isn't bad either. Frank is creative and good-tempered. He is just immature. Give him some more time.

A : You've all been fooled. That two-faced jerk had a love affair behind my back!

B : Was it serious or just a one night stand?

A : Does it matter? He betrayed me, and I will divorce him for sure!

<Unit 9>

職 業
Occupations

一、短句聽力訓練

單字打通關 Track 27

1. **accountant**	[əˈkaʊntənt]	n.	會計
2. **diligent**	[ˈdɪlədʒənt]	adj.	勤奮的
3. **understanding**	[ˌʌndəˈstændɪŋ]	adj.	善解人意的
4. **architect**	[ˈarkəˌtɛkt]	n.	建築師
5. **philosophical**	[ˌfɪləˈsafɪkl]	adj.	達觀的；泰然自若的
6. **administrative assistant**	[ədˈmɪnəˌstretɪv əˈsɪstənt]	n.	行政助理
7. **interpreter**	[ɪnˈtɜprɪtə]	n.	口譯員（注意重音的位置）
8. **locksmith**	[ˈlakˌsmɪθ]	n.	鎖匠
9. **around the clock**		adv.	日以繼夜
10. **negotiate**	[nɪˈgoʃɪˌet]	v.	協商；談判
11. **diplomat**	[ˈdɪpləmæt]	n.	外交官
12. **columnist**	[ˈkaləmɪst]	n.	專欄作家
13. **anchor**	[ˈæŋkə]	n.	主播

請聽 **CD**，並將聽到的英文句子譯為中文，每個句子會以不同速度唸三遍。

① 中譯 _____

▶▶ 正常速度　▶ 分解速度　▶▶▶ 速度訓練

② 中譯 _____

▶▶ 正常速度　▶ 分解速度　▶▶▶ 速度訓練

③ 中譯 _____

▶▶ 正常速度　▶ 分解速度　▶▶▶ 速度訓練

④ 中譯 _____

▶▶ 正常速度　▶ 分解速度　▶▶▶ 速度訓練

⑤ 中譯 _____

▶▶ 正常速度　▶ 分解速度　▶▶▶ 速度訓練

⑥ 中譯 _____

▶▶ 正常速度　▶ 分解速度　▶▶▶ 速度訓練

⑦ 中譯 _____

▶▶ 正常速度　▶ 分解速度　▶▶▶ 速度訓練

⑧ 中譯 _____

▶▶ 正常速度　▶ 分解速度　▶▶▶ 速度訓練

⑨ 中譯 _____

▶▶ 正常速度　▶ 分解速度　▶▶▶ 速度訓練

⑩ 中譯 _____

▶▶ 正常速度　▶ 分解速度　▶▶▶ 速度訓練

解答 Answers

中譯

① 我們公司的會計個性很好,她既勤奮又善解人意。

② 我的狗拉肚子很嚴重,我要立刻帶牠去看病。

③ 住我隔壁的那位建築師好像蠻達觀的。

④ 如果我在開會,就請留話給我的助理。

⑤ 他的中英文造詣俱佳,是個優秀的口譯員。

⑥ 我又忘了帶鑰匙,必須找一位鎖匠來開門。

⑦ 其實電腦工程師的工作非常辛苦,他們經常日以繼夜地工作。

⑧ 一位優秀的外交官不但語言能力強,而且善於協商。

⑨ Ann Landers 曾是一位很著名的專欄作家。

⑩ 許多新聞記者的最終目標是做主播。

英 文

① **Our company accountant has a good nature. She is diligent and understanding.**

② **My dog has serious diarrhea. I must take him to see a vet immediately.**

③ **The architect living next to my house seems quite philosophical.**

④ **Please leave a message with my assistant if I am in a meeting.**

⑤ **He has a strong command of both Chinese and English, which makes him an outstanding interpreter.**

⑥ **I forgot to bring my key again. I must find a locksmith.**

⑦ As a matter of fact, the work of a computer engineer isn't easy at all. They often work around the clock.

⑧ An outstanding diplomat not only has strong language skills, but is also good at negotiating.

⑨ Ann Landers was a prestigious columnist.

⑩ The ultimate goal of many news reporters is to become an anchor.

columnist or anchor

二、長句聽力訓練

 單字打通關 🎧 Track 28

1. **curly**	[ˈkɝlɪ]	*adj.*	捲髮的
2. **middle-aged**	[ˈmɪdl̩ˈedʒd]	*adj.*	中年的
3. **superintendent**	[ˌsupərɪnˈtɛndənt]	*n.*	主管
4. **CEO (chief executive officer)**		*n.*	執行長
5. **listed company**	[ˈlɪstɪd ˈkʌmpənɪ]	*n.*	上市公司
6. **stockholder**	[ˈstakˌholdə]	*n.*	股東
7. **dividend**	[ˈdɪvəˌdɛnd]	*n.*	紅利
8. **firefighter**	[ˈfaɪrˈfaɪtə]	*n.*	消防員
9. **carpenter**	[ˈkɑrpəntə]	*n.*	木工
10. **playwright**	[ˈpleˌraɪt]	*n.*	劇作家

 Track 28

請聽 CD，並將聽到的英文句子譯為中文，每個句子會以不同速度唸三遍。

① 中譯 _____
　　　　　　　　　　　　　　　▶▶ 正常速度　▶ 分解速度　▶▶▶ 速度訓練

② 中譯 _____
　　　　　　　　　　　　　　　▶▶ 正常速度　▶ 分解速度　▶▶▶ 速度訓練

③ 中譯 _____
　　　　　　　　　　　　　　　▶▶ 正常速度　▶ 分解速度　▶▶▶ 速度訓練

④ 中譯 _____
　　　　　　　　　　　　　　　▶▶ 正常速度　▶ 分解速度　▶▶▶ 速度訓練

⑤ 中譯 _____
　　　　　　　　　　　　　　　▶▶ 正常速度　▶ 分解速度　▶▶▶ 速度訓練

解答 Answers ⋯⋯⋯⋯⋯⋯⋯⋯⋯⋯⋯⋯

中譯

① 那個頭髮捲捲的中年人是我的主管，他同時也是一位劇作家。

② 他年紀輕輕才 30 多歲，就當上這家上市公司的執行長。

③ 當一家公司發放股票紅利時，這家公司的股東會收到額外的股份。

④ 許多消防員為了救人而犧牲自己的生命，這是非常令人尊敬的！

⑤ 聽說哈里遜福特在從影之前是一位專職的木匠，而他現在仍以做木工為樂。

英 文

① **The middle-aged guy with curly hair is my superintendent. He is also a playwright.**

② **He is only in his thirties, but is already the CEO of this listed company.**

③ **Stockholders receive additional shares when a company pays stock dividends.**

④ **Many firefighters sacrificed their lives to save others, a highly respectable act.**

⑤ **I've heard that Harrison Ford was a professional carpenter before he became an actor. He still does carpentry for fun.**

三、會話聽力訓練

單字打通關 🎧 Track 29

1. **government employee**	［ˋgʌvəmənt ͵ɛmplɔɪˋi］	n.	公務員（亦可稱為 official）
2. **journalist**	［ˋdʒɝnəlɪst］	n.	新聞工作者
3. **broadcast**	［ˋbrɔd͵kæst］	v.	播報
4. **correspondent**	［͵kɔrɪˋspɑndənt］	n.	特派記者
5. **anchor**	［ˋæŋkɚ］	n.	主播

聽力特訓 🎧 Track 29

請聽 CD 並將聽到的英文寫出來，對話會以不同速度唸三遍。

▶▶ 正常速度 ▶ 分解速度 ▶▶▶ 速度訓練

A _____

B _____

A _____

B _____

中譯

A：我爸爸已經在公家單位工作30年了，他打算再隔一陣子就退休。

B：啊，你爸爸是公務員，那是一個十分穩定的工作。我父母都是新聞工作者，她們不但工作的時間長，而且常必須在緊迫時間壓力之下完稿播報。

A：因為你提到了「播報」，所以他們是在電視台上班？

B：是啊。我爸爸是駐新加坡特派記者，我媽則是BTV的主播。

英　文

A : My father has worked as a government employee for 30 years and plans to retire in the near future.

B : Ah, so your father is an official. He has a very stable job. Both my parents are journalists. They work for long hours and often need to write news and broadcast under great pressure of time.

A : So they probably work at the TV station, since you mentioned "broadcast."

B : Yes. My father is a correspondent in Singapore. My mom is an anchor at BTV.

<Unit 10>
購 物
Shopping

一、短句聽力訓練

1. counter	[ˈkaʊntə]	*n.*	櫃台
2. cashier	[kæˈʃɪr]	*n.*	收銀員
3. outlet	[ˈaʊtˌlɛt]	*n.*	暢貨中心（有些工廠也會直接賣貨品，成爲outlet）
4. final clearance	[ˈfaɪnḷ ˈklɪrəns]	*n.*	最後出清
5. lost-and-found	[ˈlɔst ˌənd ˈfaʊnd]	*n.*	失物招領處
6. parking lot	[ˈpɑrkɪŋ ˈlɑt]	*n.*	停車場
7. lock	[lɑk]	*n.*	置物櫃
8. available	[əˈveləbḷ]	*adj.*	可使用的；有空的
9. food court	[ˈfud ˈkort]	*n.*	美食廣場
10. invoice	[ˈɪnvɔɪs]	*n.*	統一發票
11. evade tax		*v.*	逃稅
12. in stock			有現貨的

請聽 **CD**，並將聽到的英文句子譯為中文，每個句子會以不同速度唸三遍。

① 中譯 _____

▶▶ 正常速度　▶ 分解速度　▶▶▶ 速度訓練

② 中譯 _____

▶▶ 正常速度　▶ 分解速度　▶▶▶ 速度訓練

③ 中譯 _____

▶▶ 正常速度　▶ 分解速度　▶▶▶ 速度訓練

④ 中譯 _____

▶▶ 正常速度　▶ 分解速度　▶▶▶ 速度訓練

⑤ 中譯 _____

▶▶ 正常速度　▶ 分解速度　▶▶▶ 速度訓練

⑥ 中譯 _____

▶▶ 正常速度　▶ 分解速度　▶▶▶ 速度訓練

⑦ 中譯 _____

▶▶ 正常速度　▶ 分解速度　▶▶▶ 速度訓練

⑧ 中譯 _____

▶▶ 正常速度　▶ 分解速度　▶▶▶ 速度訓練

⑨ 中譯 _____

▶▶ 正常速度　▶ 分解速度　▶▶▶ 速度訓練

⑩ 中譯 _____

▶▶ 正常速度　▶ 分解速度　▶▶▶ 速度訓練

解答 Answers

中譯

① 三號櫃台的那位收銀員看起來很憔悴。

② 一共139元。你要付現金還是刷信用卡？

③ 我們通常去暢貨中心買鞋，比市價便宜2到3成！

④ 今天是最後出清嘍！要買趁早，不然買不到了！

⑤ 你到失物招領處去問問看吧。

⑥ 你可以把車停到轉角的停車場。

⑦ 你們還有沒有置物櫃，收不收費？

⑧ 我的腿好痠，我到美食廣場等你。

⑨ 我們索取統一發票是為了避免商家逃稅。

⑩ 我們沒有現貨，全賣光了！

英 文

① The cashier at the third counter looks emaciated.

② It's 139 dollars altogether. Would you like to pay cash or credit?

③ We often buy shoes at an outlet, where they are 20-30 percent less expensive.

④ Today is the final clearance. Buy it now or never!

⑤ You can check with the lost-and-found.

⑥ You can park at the parking lot around the corner.

⑦ Do you still have a locker available? Do you charge for it?

⑧ My legs are sore. I'll wait for you at the food court.

⑨ We ask for invoices in order to prevent shops from evading tax.

⑩ We're out of stock. All sold out!

二、長句聽力訓練

1. **warranty**	[ˋwɔrəntɪ]	n.	保固
2. **receipt**	[rɪˋsit]	n.	收據
3. **credit card**	[ˋkrɛdɪt ˋkɑrd]	n.	信用卡
4. **refund**	[rɪˋfʌnd]	v.	退款（當名詞用時，重音挪到第一音節）
5. **flyer**	[ˋflaɪɚ]	n.	廣告傳單
6. **coupon**	[ˋkupɑn]	n.	折價券
7. **new arrival**	[ˋnju əˋraɪvl̩]	n.	新貨
8. **brand**	[brænd]	n.	品牌

聽力特訓

Track *31*

請聽 **CD**，並將聽到的英文句子譯為中文，每個句子會以不同速度唸三遍。

① 中譯 _____

▶▶ 正常速度　▶ 分解速度　▶▶▶ 速度訓練

② 中譯 _____

▶▶ 正常速度　▶ 分解速度　▶▶▶ 速度訓練

③ 中譯 _____

▶▶ 正常速度　▶ 分解速度　▶▶▶ 速度訓練

④ 中譯 _____

▶▶ 正常速度　▶ 分解速度　▶▶▶ 速度訓練

⑤ 中譯 _____

▶▶ 正常速度　▶ 分解速度　▶▶▶ 速度訓練

中譯

① 螢幕、主機和鍵盤一共362元，你可以另外加150元買3年的保固。

② 請把收據收好，如果你不滿意這個商品，可以帶著收據、信用卡和商品，在七天之內來退貨。

③ 我從廣告傳單上剪下這些折價券，至少可以省下10元。

④ 她是一位很大方的顧客，所以每次我們一有新貨到，都會先打電話給她。

⑤ 今天大衣打八折，鞋子依不同品牌，可打5到3折，帽子則可低到4折。

英 文

① The monitor, motherboard and keyboard are 362 dollars altogether. You can buy a three-year warranty for 150 dollars.

② Please keep the receipt. You may bring the receipt and credit card along with the product and get a refund within seven days if you are not satisfied with it.

③ These coupons that I cut from flyers can help me save at least 10 dollars.

④ She is a very generous customer, so we always call her first when we have new arrivals.

⑤ The coats are 20 percent off and shoes from 50 to 70 percent off, depending on the brand. Hats get a discount as high as 60 percent.

三、會話聽力訓練

聽力特訓 🎧 Track 32

請聽 **CD** 並將聽到的英文寫出來，對話會以不同速度唸三遍。

▶▶ 正常速度　▶ 分解速度　▶▶▶ 速度訓練

A　_____

B　_____

A　_____

B　_____

A　_____

中譯

A： 一共是 1235 元，請問你要付現還是刷信用卡？

B： 信用卡好了，咦？我的信用卡呢？我一定忘了帶出門。我付現好了！

A： 好的。對不起！我沒有紙鈔了，可不可以找你銅板？

B： 全部都是銅板？真希望我沒忘了把信用卡帶出來。

A： 好，這是找你的錢，一共 65 元，這是收據。

英 文

A : It's 1,235 dollars altogether. Would you like to pay cash or credit?

B : I'll use my credit card. Hey, where's my credit card? I must have left it at home. Guess I'll pay cash then.

A : Sure. Sorry, I'm out of dollar bills. Do you take coins?

B : All coins? I wish I hadn't forgotten my card.

A : Good. Here's your change, 65 dollars. And here's the receipt.

<Unit 11>
服 飾
Clothing

一、短句聽力訓練

單字打通關 Track 33

1. **evening dress**	[ˈivnɪŋ ˈdrɛs]	n.	晚禮服
2. **custom-made**	[ˈkʌstəmˌmed]	adj.	訂做的
3. **off the rack**	[ˈɔf ˌðə ˈræk]	adj./adv.	現成的
4. **suit**	[sut]	n.	男女套裝
5. **casual clothes**	[ˈkæʒʊəl ˈkloz]	n.	休閒服
6. **children's apparel**	[ˈtʃɪldrənz əˈpærəl]	n.	童裝
7. **diaper**	[ˈdaɪəpə]	n.	尿布（= nappy）
8. **shorts**	[ʃɔrts]	n.	短褲
9. **culottes**	[ˈkulɑts]	n.	褲裙
10. **leather jacket**	[ˈlɛðə ˈdʒækɪt]	n.	皮夾克
11. **jeans**	[dʒinz]	n.	牛仔褲
12. **nylon**	[ˈnaɪlɑn]	n.	尼龍
13. **silk**	[sɪlk]	n.	絲
14. **thong**	[θɔŋ]	n.	丁字褲
15. **stuck**	[stʌk]	adj.	卡住了
16. **girdle**	[ˈgɝdḷ]	n.	束腹
17. **waist**	[west]	n.	腰

請聽 **CD**，並將聽到的英文句子譯為中文，每個句子會以不同速度唸三遍。

① 中譯 _____

▶▶ 正常速度　▶ 分解速度　▶▶▶ 速度訓練

② 中譯 _____

▶▶ 正常速度　▶ 分解速度　▶▶▶ 速度訓練

③ 中譯 _____

▶▶ 正常速度　▶ 分解速度　▶▶▶ 速度訓練

④ 中譯 _____

▶▶ 正常速度　▶ 分解速度　▶▶▶ 速度訓練

⑤ 中譯 _____

▶▶ 正常速度　▶ 分解速度　▶▶▶ 速度訓練

⑥ 中譯 _____

▶▶ 正常速度　▶ 分解速度　▶▶▶ 速度訓練

⑦ 中譯 _____

▶▶ 正常速度　▶ 分解速度　▶▶▶ 速度訓練

⑧ 中譯 _____

▸▸ 正常速度　▸ 分解速度　▸▸▸ 速度訓練

⑨ 中譯 _____

▸▸ 正常速度　▸ 分解速度　▸▸▸ 速度訓練

⑩ 中譯 _____

▸▸ 正常速度　▸ 分解速度　▸▸▸ 速度訓練

解答 Answers

中譯

① 我必須為今晚的歡迎酒會買一件晚禮服。

② 這不是訂做的,我是買現成的!

③ 妳不管是穿套裝還是休閒服,都很漂亮。

④ 我以前穿小號,現在都穿特大號。

⑤ 我們去童裝部買你兒子的衣服和尿布。

⑥ 我不能決定到底要買短褲還是褲裙。

⑦ 哇!你穿這件皮夾克,再搭配這件牛仔褲,好酷哦!

⑧ 這是絲的還是尼龍的?我分不出來。

⑨ 我無法忍受穿丁字褲,卡在屁股多難受啊!

⑩ 穿件束腹吧,腰會看起來細一點!

英 文

① I must buy an evening dress for the welcome party tonight.

② This is not custom-made. I bought it off the rack.

③ You look beautiful in both a suit and casual clothes.

④ I used to wear size small; now I wear extra large.

⑤ Let's go to the children's department to look for clothes and diapers for your son.

⑥ I cannot decide whether I should buy shorts or culottes.

⑦ Wow! You look so cool in this leather jacket and these jeans!

⑧ Is this silk or nylon? I cannot tell.

⑨ I cannot tolerate wearing a thong. How can one stand something being stuck in the butt?

⑩ Put on a girdle. It will make your waist look smaller.

二、長句聽力訓練

1. **sweater**	[`swɛtə]	n.	毛衣
2. **cashmere**	[`kæʃmɪr]	n.	喀什米爾毛織品（很輕軟、也很貴）
3. **denim**	[`dɛnɪm]	n.	牛仔布
4. **skirt**	[skɜt]	n.	裙子
5. **panties**	[`pæntɪz]	n.	女用內褲（必用複數）
6. **boxers**	[`bɑksəz]	n.	男用四角褲（必用複數）
7. **nightgown**	[`naɪt‚gaʊn]	n.	睡袍
8. **pajamas**	[pə`dʒæməz]	n.	睡衣（必用複數）
9. **vest**	[vɛst]	n.	背心
10. **down**	[daʊn]	n.	羽絨

 聽力特訓 Track *34*

請聽 **CD**，並將聽到的英文句子譯為中文，每個句子會以不同速度唸三遍。

① 中譯 _____

▶▶ 正常速度　▶ 分解速度　▶▶▶ 速度訓練

② 中譯 _____

▶▶ 正常速度　▶ 分解速度　▶▶▶ 速度訓練

③ 中譯 _____

▶▶ 正常速度　▶ 分解速度　▶▶▶ 速度訓練

④ 中譯 _____

▶▶ 正常速度　▶ 分解速度　▶▶▶ 速度訓練

⑤ 中譯 _____

▶▶ 正常速度　▶ 分解速度　▶▶▶ 速度訓練

解答 Answers

中譯

① 冬天在外套裡面加一件毛衣會很暖和，尤其是喀什米爾毛衣，又軟又細又輕。

② 她大部分的衣服都是牛仔布料：牛仔褲、牛仔裙、牛仔夾克、甚至牛仔上衣。

③ 等一下放學我要替我媽買一打內褲，還要替我爸買幾件四角內褲。

④ 我睡覺時既不愛穿睡袍，也不愛穿睡衣。我喜歡穿棉背心加棉內褲睡覺。

⑤ 下雪的時候，與其穿一件厚重的大衣，不如穿羽絨衣。這是我的經驗之談。

英 文

① Putting on a sweater inside the coat will make you warm, especially when it's cashmere, which is soft and fine and light.

② Most of her clothes are made of denim: jeans, skirt, jacket, even denim shirts.

③ After school I will buy a dozen panties for my mom and a few boxers for my dad.

④ I usually do not sleep in pajamas or a sleeping gown. I prefer to sleep in my cotton vest and panties.

⑤ On snowy days, I would prefer to wear a down coat to a heavy one. I'm speaking from experience.

三、會話聽力訓練

單字打通關 Track 35

1. **pullover**	[ˈpʊlˌovə]	*n.*	套頭毛衣
2. **turtleneck**	[ˈtɝtḷˌnɛk]	*n.*	高領毛衣
3. **cardigan**	[ˈkɑrdɪgən]	*n.*	前面開襟扣扣子的毛衣
4. **pleats**	[plits]	*n.*	百褶裙
5. **polyester**	[ˌpɑlɪˈɛstə]	*n.*	聚酯纖維（常見的人工材料）
6. **angora**	[æŋˈgorə]	*n.*	安哥拉羊毛

聽力特訓 Track 35

請聽 CD 並將聽到的英文寫出來，對話會以不同速度唸三遍。

▶▶ 正常速度 　▶ 分解速度 　▶▶▶ 速度訓練

A _____

B _____

A _____

B _____

A _____

中譯

A：冬天快到了，我們去買幾件毛衣吧！

B：你的衣櫥裡不是還有好多毛衣，有套頭毛衣還有高領毛衣？

A：是啊，可是我新買了一件百褶裙，需要一件開襟毛衣才能搭配。

B：好吧。要買就買好一點的。不要買那種百分之80聚酯纖維，百分之20羊毛的那一種！這次就買一件喀什米爾毛衣吧！

A：謝謝你這麼貼心，可是我們買不起啊，安哥拉羊毛也不錯啦！

英 文

A : Winter will be here soon. Let's go buy a few sweaters.

B : But don't you still have lots of them? There are pullovers and turtlenecks.

A : Yes, but I just bought pleats and need a cardigan to go with it.

B : Alright. Then you should buy a good one. Don't buy something that's 80% polyester and 20% wool, buy cashmere this time.

A : Thank you for being so sweet, but we cannot afford that. Angora will be good enough.

<Unit 12>
配件
Accessories

一、短句聽力訓練

單字打通關 Track 36

1. **jade bangle**	[ˋdʒed ˋbæŋgl̩]	*n.*	玉鐲
2. **crystal**	[ˋkrɪstl̩]	*n.*	水晶
3. **ward off evils**			避邪
4. **pearl**	[pɝl]	*n.*	珍珠
5. **diamond**	[ˋdaɪəmənd]	*n.*	鑽石
6. **brooch**	[brotʃ]	*n.*	胸針
7. **visor cap**	[ˋvaɪzɚ ˋkæp]	*n.*	遮陽帽
8. **sandal(s)**	[ˋsændl̩(z)]	*n.*	涼鞋
9. **flip-flop(s)**	[ˋflɪpˏflɑp(z)]	*n.*	人字拖鞋
10. **fancy**	[ˋfænsɪ]	*adj.*	時髦的；花俏的
11. **shoelace**	[ˋʃuˏles]	*n.*	鞋帶
12. **tie your shoes**			綁鞋帶
13. **cheongsam**	[tʃɛˋɔŋˋsam]	*n.*	旗袍
14. **corsage**	[kɔrˋsɑʒ]	*n.*	胸花
15. **jadeite**	[ˋdʒedaɪt]	*n.*	翡翠
16. **necklace**	[ˋnɛklɪs]	*n.*	項鍊
17. **mitten(s)**	[ˋmɪtn̩(z)]	*n.*	連指手套
18. **Mary Janes**	[ˋmɛrɪ ˋdʒenz]	*n.*	娃娃鞋

 **Track** *36*

請聽 **CD**，並將聽到的英文句子譯為中文，每個句子會以不同速度唸三遍。

① 中譯 _____

▶▶ 正常速度　▶ 分解速度　▶▶▶ 速度訓練

② 中譯 _____

▶▶ 正常速度　▶ 分解速度　▶▶▶ 速度訓練

③ 中譯 _____

▶▶ 正常速度　▶ 分解速度　▶▶▶ 速度訓練

④ 中譯 _____

▶▶ 正常速度　▶ 分解速度　▶▶▶ 速度訓練

⑤ 中譯 _____

▶▶ 正常速度　▶ 分解速度　▶▶▶ 速度訓練

⑥ 中譯 _____

▶▶ 正常速度　▶ 分解速度　▶▶▶ 速度訓練

⑦ 中譯 _____

▶▶ 正常速度　▶ 分解速度　▶▶▶ 速度訓練

⑧ 中譯 _____

▶▶ 正常速度　▶ 分解速度　▶▶▶ 速度訓練

⑨ 中譯 _____

▶▶ 正常速度　▶ 分解速度　▶▶▶ 速度訓練

⑩ 中譯 _____

▶▶ 正常速度　▶ 分解速度　▶▶▶ 速度訓練

中譯

① 妳的玉鐲好漂亮哦！在哪裡買的？

② 有些人認為水晶可以避邪。

③ 我想買一個珍珠鑽石胸針。

④ 夏天外出一定要戴遮陽帽和太陽眼鏡。

⑤ 這一家的涼鞋和夾腳拖鞋很時尚。

⑥ 你的鞋帶鬆了，把它綁好吧！

⑦ 來，我幫妳在旗袍上別一朵胸花。

⑧ 我媽送我一個翡翠戒指和翡翠項鍊，做為結婚禮物。

⑨ 小朋友常戴連指手套。

⑩ 我們以前常穿娃娃鞋，很舒服。

英 文

① **Your jade bangle is so beautiful. Where did you buy it?**

② **Some people believe that crystal can ward off evils.**

③ **I would like to buy a brooch with pearls and diamonds.**

④ **We must wear a visor cap and sunglasses when we go out in summer.**

⑤ **The sandals and flip-flops in this shop are quite fancy.**

⑥ **Your shoelace is loose. Tie your shoes.**

⑦ **Come! Let me put a corsage on your cheongsam.**

⑧ **My mom gave me a jadeite ring and necklace for my wedding present.**

⑨ **Children often wear mittens.**

⑩ **We used to wear Mary Janes. They were quite comfortable.**

二、長句聽力訓練

1. **casual clothes**	[ˋkæʒʊəl ˋkloz]	*n.*	休閒服
2. **loafer(s)**	[ˋlofɚ(z)]	*n.*	便鞋
3. **shorts**	[ʃɔrts]	*n.*	短褲
4. **bell-bottoms**	[ˋbɛlˋbɑtəmz]	*n.*	喇叭褲
5. **culottes**	[ˋkulɑts]	*n.*	褲裙
6. **shoe polish**	[ˋʃu ˋpɑlɪʃ]	*n.*	鞋油
7. **dark green**	[ˋdɑrk ˋgrin]	*n.*	墨綠色
8. **high heel(s)**	[ˋhaɪ ˋhil(z)]	*n.*	高跟鞋
9. **corn**	[kɔrn]	*n.*	雞眼
10. **wallet**	[ˋwɑlɪt]	*n.*	皮夾
11. **backpack**	[ˋbækˌpæk]	*n.*	背包
12. **driver's license**	[ˋdraɪvɚ ˋlaɪsn̩s]	*n.*	駕照
13. **jade**	[dʒed]	*n.*	玉

聽力特訓

Track 37

請聽 **CD**，並將聽到的英文句子譯為中文，每個句子會以不同速度唸三遍。

① 中譯 _____

▶▶ 正常速度 　▶ 分解速度 　▶▶▶ 速度訓練

② 中譯 _____

▶▶ 正常速度 　▶ 分解速度 　▶▶▶ 速度訓練

③ 中譯 _____

▶▶ 正常速度 　▶ 分解速度 　▶▶▶ 速度訓練

④ 中譯 _____

▶▶ 正常速度 　▶ 分解速度 　▶▶▶ 速度訓練

⑤ 中譯 _____

▶▶ 正常速度 　▶ 分解速度 　▶▶▶ 速度訓練

中譯

① 在正式場合，穿球鞋或休閒服是不禮貌的。

② 我到處在找一種淺綠色的鞋油，來擦我去年買的娃娃鞋，可是市面上只找得到墨綠色。

③ 每天上班穿8到9個小時的高跟鞋，一年下來，我不但腰痠背痛，腳上還長了一個雞眼！

④ 昨天我逛街時，放在我背包裡的皮夾被偷了，裡面有現金、信用卡，還有身分證和駕照！

⑤ 玉和珍珠柔潤細膩，水晶和鑽石則閃爍動人。

英 文

① It would be rude to wear sneakers or casual clothes to formal occasions.

② I have been looking for a kind of light green shoe polish for the Mary Janes I bought last year, but I can only find dark ones.

③ Wearing high heels for eight to nine hours a day at work for a year has given me backaches and a corn on my foot.

④ The wallet in my backpack was stolen yesterday when I went shopping. There was cash, a credit card, my ID, and a driver's license inside.

⑤ Jade and pearls are smooth and delicate whereas crystal and diamonds sparkle.

三、會話聽力訓練

單字打通關 Track 38

1. **slipper(s)** [ˈslɪpɚ(z)] *n.* 拖鞋
2. **sloppy** [ˈslɑpɪ] *adj.* 邋遢的
3. **period** [ˈpɪrɪəd] *n.* 一節課
4. **loafer(s)** [ˈlofɚ(z)] *n.* 休閒鞋
5. **sole** [sol] *n.* 鞋底;腳底

聽力特訓 Track 38

請聽 CD 並將聽到的英文寫出來,對話會以不同速度唸三遍。

▶▶ 正常速度 ▶ 分解速度 ▶▶▶ 速度訓練

Ⓐ _____

Ⓑ _____

Ⓐ _____

Ⓑ _____

Ⓐ _____

中譯

A：你穿著拖鞋上哪兒去？看起來好邋遢！

B：去上課啊！今天早上第一節就有英文課。

A：穿拖鞋上課是不禮貌的，趕快去換雙球鞋或休閒鞋。

B：可是一隻球鞋的鞋底裂開了，休閒鞋又舊又髒！不然我穿人字拖鞋好了！

A：那更糟！不然你穿爸爸的休閒鞋好了！

英 文

A : Where are you going in your slippers? You look so sloppy!

B : I'm going to school. I have English in the first period.

A : It's rude to wear slippers to class. Go change into sneakers or loafers.

B : But the sole of my sneakers has cracked, and the loafers are old and dirty. I'll wear flip-flops then!

A : That would be even worse. Go put on your father's loafers then.

<Unit 13>
化妝品
Cosmetics

一、短句聽力訓練

單字打通關 🎧 Track 39

1. **chapped**	[tʃæpt]	*adj.*	（嘴唇）乾裂的
2. **lip balm**	[`lɪp `bɑm]	*n.*	護唇膏
3. **mascara**	[mæs`kærə]	*n.*	睫毛膏
4. **eye shadow**	[`aɪ `ʃædo]	*n.*	眼影
5. **waterproof**	[`wɔtɚˌpruf]	*adj.*	防水的
6. **exfoliate**	[ɛks`folɪˌet]	*v.*	去角質
7. **mask**	[mæsk]	*n.*	面膜
8. **put on mask**		*v.*	敷面膜
9. **lotion**	[`loʃən]	*n.*	乳液
10. **moisturizing**	[`mɔɪstʃəˌraɪzɪŋ]	*adj.*	滋潤的
11. **normal skin**	[`nɔrml̩ `skɪn]	*n.*	中性皮膚
12. **eye cream**	[`aɪ `krim]	*n.*	眼霜
13. **blackhead**	[`blækˌhɛd]	*n.*	黑頭粉刺
14. **pimple**	[`pɪmpl̩]	*n.*	青春痘
15. **cleanser**	[`klɛnzɚ]	*n.*	洗面乳
16. **anti-aging**	[`æntɪ`edʒɪŋ]	*adj.*	抗老化的
17. **skin care product**	[`skɪnˌkɛr `prɑdəkt]	*n.*	護膚品
18. **lipstick**	[`lɪpˌstɪk]	*n.*	口紅
19. **sharpen**	[`ʃɑrpən]	*v.*	削尖
20. **eyebrow pencil**	[`aɪˌbrau `pɛnsl̩]	*n.*	眉筆

請聽 **CD**，並將聽到的英文句子譯為中文，每個句子會以不同速度唸三遍。

① 中譯 _____

▶▶ 正常速度　▶ 分解速度　▶▶▶ 速度訓練

② 中譯 _____

▶▶ 正常速度　▶ 分解速度　▶▶▶ 速度訓練

③ 中譯 _____

▶▶ 正常速度　▶ 分解速度　▶▶▶ 速度訓練

④ 中譯 _____

▶▶ 正常速度　▶ 分解速度　▶▶▶ 速度訓練

⑤ 中譯 _____

▶▶ 正常速度　▶ 分解速度　▶▶▶ 速度訓練

⑥ 中譯 _____

▶▶ 正常速度　▶ 分解速度　▶▶▶ 速度訓練

⑦ 中譯 _____

▶▶ 正常速度　▶ 分解速度　▶▶▶ 速度訓練

⑧ 中譯 _____

▶▶ 正常速度　▶ 分解速度　▶▶▶ 速度訓練

⑨ 中譯 _____

▶▶ 正常速度　▶ 分解速度　▶▶▶ 速度訓練

⑩ 中譯 _____

▶▶ 正常速度　▶ 分解速度　▶▶▶ 速度訓練

解答 Answers

中譯

① 你嘴唇都裂了，抹點凡士林或護唇膏吧！

② 這個睫毛膏和眼影都是防水的。

③ 程序通常是先洗臉、去角質，然後再敷臉。

④ 這個乳液很滋潤！很適合乾性和中性皮膚。

⑤ 我想買一瓶不會太貴的眼霜。

⑥ 來，我幫你擠黑頭粉刺和青春痘！

⑦ 我的洗面乳用完了，暫時就先用肥皂代替吧。

⑧ 世上真有抗老化的護膚品嗎？

⑨ 這個口紅的顏色太濃了，不適合妳。

⑩ 請你幫我削一下眉筆，好嗎？

英 文

① **Your lips are chapped. Put on some Vaseline or lip balm.**

② **This mascara and eye shadow are waterproof.**

③ **The process goes like this: wash face, exfoliate, then apply a mask.**

④ **This lotion is quite moisturizing. It suits dry and normal skin.**

⑤ **I would like to buy a bottle of eye cream which isn't too expensive.**

⑥ **Come, let me squeeze your blackheads and pimples.**

⑦ **I'm out of cleanser. Let's use soap for now.**

⑧ **Do anti-aging skin care products really exist?**

⑨ **The color of this lipstick is too strong. It doesn't fit you.**

⑩ **Would you sharpen this eyebrow pencil for me please?**

二、長句聽力訓練

 單字打通關　 Track 40

1. **sunblock**	[ˋsʌnˏblɑk]	*n.*	防曬商品
2. **SPF**		*n.*	防曬係數（sun protection factor 的縮寫）
3. **UV rays**		*n.*	紫外線（ultraviolet rays 的縮寫）
4. **blush**	[blʌʃ]	*n.*	腮紅
5. **cosmetics**	[kɑzˋmɛtɪks]	*n.*	化妝品
6. **skin care**	[ˋskɪnˏkɛr]	*n.*	護膚
7. **troublesome**	[ˋtrʌbl̩səm]	*adj.*	麻煩的
8. **oily skin**	[ˋɔɪlɪ ˋskɪn]	*n.*	油性皮膚
9. **oil-control**	[ˋɔɪl kənˋtrol]	*adj.*	控油的
10. **makeup**	[ˋmekˏʌp]	*n.*	彩妝
11. **collagen**	[ˋkɑlədʒən]	*n.*	膠原蛋白

請聽 **CD**，並將聽到的英文句子譯為中文，每個句子會以不同速度唸三遍。

① 中譯 _____

▶▶ 正常速度　▶ 分解速度　▶▶▶ 速度訓練

② 中譯 _____

▶▶ 正常速度　▶ 分解速度　▶▶▶ 速度訓練

③ 中譯 _____

▶▶ 正常速度　▶ 分解速度　▶▶▶ 速度訓練

④ 中譯 _____

▶▶ 正常速度　▶ 分解速度　▶▶▶ 速度訓練

⑤ 中譯 _____

▶▶ 正常速度　▶ 分解速度　▶▶▶ 速度訓練

解答 Answers

中譯

① 這個防曬霜的防曬係數是50，可以非常有效地隔離紫外線。

② 擦點腮紅、抹點口紅吧！妳看起來很蒼白，昨晚是不是又去夜店了？

③ 化妝品並不是愈貴就愈好，許多網路上賣的保養品是天然材料做的，也不錯呢！

④ 我覺得皮膚保養太麻煩了，瓶瓶罐罐的，我都只用肥皂洗一下就完事了。

⑤ 你是油性皮膚，所以要用控油的保養品和彩妝品才行。

英　文

① The SPF of this sunblock is 50, which means that it can effectively block UV rays.

② Put on some blush and lipstick; you look pale. Did you go to the pub again last night?

③ Cosmetics aren't necessarily better when they are more expensive. Many skin care products sold online are made from natural ingredients, and are pretty good too.

④ It's too much trouble to keep track of all the bottles and jars. All I need is to wash up with a bar of soap!

⑤ You have oily skin, so you need oil-control skin care products and makeup.

三、會話聽力訓練

請聽 CD 並將聽到的英文寫出來，對話會以不同速度唸三遍。

▶▶ 正常速度　▶ 分解速度　▶▶▶ 速度訓練

A _____

B _____

A _____

B _____

中譯

A：我的皮膚又乾又敏感，擦什麼保養品都癢，而且還會起疹子呢！

B：那麼你首先要解決的應該是乾燥的問題。我建議你隔天敷一次面膜，直到你的皮膚舒服一點。

A：敷完面膜後我需要擦乳液、面霜、眼霜嗎？

B：都不要，只要擦膠原蛋白和橄欖油就好，一天3到4次。還有，絕對不要化妝！

英　文

A : My skin is dry and sensitive and feels itchy no matter what I put on it. I even have a rash.

B : Then you should deal with your dry skin first. I suggest that you use a mask every other day until your skin feels better.

A : Should I also apply lotion, face cream and eye cream after the mask?

B : No. Just put on some collagen and olive oil three to four times a day. And absolutely no makeup!

<Unit 14>

衛生用品
Toiletries

一、短句聽力訓練

1. razor blade	[ˈrezɚ ˈbled]	*n.*	刮鬍刀片
2. blunt	[blʌnt]	*adj.*	鈍的
3. shaving cream	[ˈʃevɪŋ ˈkrim]	*n.*	刮鬍霜
4. soften	[ˈsɔfn̩]	*v.*	使軟化
5. toothpaste	[ˈtuθˌpest]	*n.*	牙膏
6. tap water	[ˈtæp ˈwɔtɚ]	*n.*	自來水
7. sink	[sɪŋk]	*n.*	水槽；臉盆
8. plug	[plʌg]	*n.*	栓子
9. hairdryer	[ˈhɛrˌdraɪɚ]	*n.*	吹風機
10. dental floss	[ˈdɛntl̩ ˈflɔs]	*n.*	牙線（floss可當動詞用，意為「用牙線潔牙」）
11. mouthwash	[ˈmauθˌwaʃ]	*n.*	漱口水
12. faucet	[ˈfɔsɪt]	*n.*	水龍頭
13. shower curtain	[ˈʃauɚ ˈkɝtn̩]	*n.*	浴簾
14. hole	[hol]	*n.*	洞

請聽 CD，並將聽到的英文句子譯為中文，每個句子會以不同速度唸三遍。

① 中譯 _____

　　　　　　　　　　▶▶ 正常速度　▶ 分解速度　▶▶▶ 速度訓練

② 中譯 _____

　　　　　　　　　　▶▶ 正常速度　▶ 分解速度　▶▶▶ 速度訓練

③ 中譯 _____

　　　　　　　　　　▶▶ 正常速度　▶ 分解速度　▶▶▶ 速度訓練

④ 中譯 _____

　　　　　　　　　　▶▶ 正常速度　▶ 分解速度　▶▶▶ 速度訓練

⑤ 中譯 _____

　　　　　　　　　　▶▶ 正常速度　▶ 分解速度　▶▶▶ 速度訓練

⑥ 中譯 _____

　　　　　　　　　　▶▶ 正常速度　▶ 分解速度　▶▶▶ 速度訓練

⑦ 中譯 _____

　　　　　　　　　　▶▶ 正常速度　▶ 分解速度　▶▶▶ 速度訓練

⑧ 中譯 _____

▶▶ 正常速度　▶ 分解速度　▶▶▶ 速度訓練

⑨ 中譯 _____

▶▶ 正常速度　▶ 分解速度　▶▶▶ 速度訓練

⑩ 中譯 _____

▶▶ 正常速度　▶ 分解速度　▶▶▶ 速度訓練

解答 Answers

中譯

① 我的刮鬍刀片好鈍，借用一下你的電鬍刀，好嗎？

② 刮鬍膏的用途是使鬍子軟化。

③ 牙膏用完了，記得再去買一條。

④ 這裡的自來水可以生飲嗎？

⑤ 我浴室臉盆的栓子呢？

⑥ 吹風機壞掉了，今天只能用毛巾來擦乾頭髮了。

⑦ 牙醫建議我們飯後使用牙線清牙齒。

⑧ 刷完牙，用漱口水漱個2到3次。

⑨ 請馬上把水龍頭關起來。

⑩ 為什麼浴簾上有一個洞？

英 文

① **My razor blade is blunt. Can I borrow your electric razor?**

② **The function of shaving cream is to soften the mustache.**

③ **We ran out of toothpaste. Remember to buy a new one.**

④ **Is this tap water drinkable?**

⑤ **Where's the plug for the sink in my bathroom?**

⑥ **The hairdryer is broken. Today we can only towel dry our hair.**

⑦ **Dentists suggest that we floss our teeth after every meal.**

⑧ **After brushing your teeth, rinse your mouth with mouthwash two to three times.**

⑨ **Please turn off the faucet right now.**

⑩ **Why is there a hole in the shower curtain?**

二、長句聽力訓練

單字打通關 🎧 Track 43

1. **flush the toilet**		*v.*	沖馬桶
2. **etiquette**	[ˋɛtɪˏkɛt]	*n.*	禮儀
3. **a roll of toilet paper**			一捲衛生紙
4. **tissue**	[ˋtɪʃʊ]	*n.*	面紙
5. **paper towel**	[ˋpepɚ ˋtaʊl]	*n.*	擦手紙
6. **plunger**	[ˋplʌndʒɚ]	*n.*	通馬桶的吸盤
7. **foggy**	[ˋfɑgɪ]	*adj.*	霧霧的
8. **wipe**	[waɪp]	*v.*	擦拭
9. **nose is running**			流鼻涕

聽力特訓

Track *43*

請聽 **CD**，並將聽到的英文句子譯為中文，每個句子會以不同速度唸三遍。

① 中譯 _____

▶▶ 正常速度　▶ 分解速度　▶▶▶ 速度訓練

② 中譯 _____

▶▶ 正常速度　▶ 分解速度　▶▶▶ 速度訓練

③ 中譯 _____

▶▶ 正常速度　▶ 分解速度　▶▶▶ 速度訓練

④ 中譯 _____

▶▶ 正常速度　▶ 分解速度　▶▶▶ 速度訓練

⑤ 中譯 _____

▶▶ 正常速度　▶ 分解速度　▶▶▶ 速度訓練

中譯

① 請你上完廁所，一定要沖馬桶。這是最基本的衛生習慣！

② 麻煩你在浴室放一捲衛生紙，在客廳放一盒面紙，在廚房放一捲擦手紙。

③ 那個通馬桶的吸盤有多久沒洗啦？應該每隔四、五個月就換一次，才衛生啊。

④ 這個鏡子霧霧的，麻煩你拿張擦手紙把它擦一下。

⑤ 我流鼻涕，把一整盒面紙都用完了，可以給我幾張面紙嗎？

英　文

① **Remember to flush the toilet after you go to the bathroom. This is basic bathroom etiquette.**

② **Would you please put a roll of toilet paper in the bathroom, a box of tissue in the living room, and a roll of paper towels in the kitchen?**

③ **When was the plunger last washed? You should replace it at least every four or five months for hygienic purposes.**

④ **This mirror is foggy. Would you please wipe it with a paper towel?**

⑤ **My nose is running, and I've used a whole box of tissue. May I have some tissue please?**

三、會話聽力訓練

聽力特訓 Track 44

請聽 CD 並將聽到的英文寫出來，對話會以不同速度唸三遍。

▶▶ 正常速度　▶ 分解速度　▶▶▶ 速度訓練

A _____

B _____

A _____

B _____

A _____

中譯

A：誰把我的牙膏拿走了？

B：沒人拿，牙膏用完了，我們去街角的7-11買一條新的。現在妳用漱口水漱漱口就好了。

A：我的牙齦怎麼腫腫的？是不是發炎了？

B：沒事！妳昨天吃了太多炸雞，根據中醫的說法，你可能上火了！

A：原來如此，那我等一下吃一顆維他命C，搭配一些小黃瓜！

英　文

A : Who took my toothpaste?

B : Nobody. It was empty. We'll buy another one at the 7-11 on the street corner. For now you can just rinse with mouthwash.

A : Why are my gums swollen? Is it inflamed?

B : Don't worry. You ate too much fried chicken yesterday. You probably have excessive internal heat, as a Chinese herbal doctor would say. （※上火：get excessive internal heat）

A : I see. Then I'll take a tablet of Vitamin C later with some cucumber.

<Unit 15>
家 具
Furniture

一、短句聽力訓練

1. **light switch** [ˈlaɪt ˈswɪtʃ] *n.* 電燈開關
2. **air conditioned** [ˈɛr kənˈdɪʃənd] *adj.* 有開冷氣的
3. **remote control** [rɪˈmot kənˈtrol] *n.* 遙控器
4. **can opener** [ˈkæn ˈopənə] *n.* 開罐器
5. **drawer** [ˈdrɔə] *n.* 抽屜
6. **wok** [wɑk] *n.* 中式炒菜鍋
7. **spatula** [ˈspætʃələ] *n.* 鍋鏟 （= turner）
8. **plastic wrap** [ˈplæstɪk ˈræp] *n.* 保鮮膜
9. **leftovers** [ˈlɛftˌovəz] *n.* 剩飯剩菜
10. **a slice of bread** 一片吐司麵包
11. **toaster** [ˈtostə] *n.* 烤麵包機 （吐司麵包為 bread，烤好的才叫 toast）
12. **microwave** [ˈmaɪkroˌwev] *n.* 微波爐
13. **hammock** [ˈhæmək] *n.* 吊床
14. **shutters** [ˈʃʌtəz] *n.* 百葉窗

請聽 **CD**，並將聽到的英文句子譯為中文，每個句子會以不同速度唸三遍。

① 中譯 _____

▶▶ 正常速度　▶ 分解速度　▶▶▶ 速度訓練

② 中譯 _____

▶▶ 正常速度　▶ 分解速度　▶▶▶ 速度訓練

③ 中譯 _____

▶▶ 正常速度　▶ 分解速度　▶▶▶ 速度訓練

④ 中譯 _____

▶▶ 正常速度　▶ 分解速度　▶▶▶ 速度訓練

⑤ 中譯 _____

▶▶ 正常速度　▶ 分解速度　▶▶▶ 速度訓練

⑥ 中譯 _____

▶▶ 正常速度　▶ 分解速度　▶▶▶ 速度訓練

⑦ 中譯 _____

▶▶ 正常速度　▶ 分解速度　▶▶▶ 速度訓練

⑧ 中譯 _____

▶▶ 正常速度　▶ 分解速度　▶▶▶ 速度訓練

⑨ 中譯 _____

▶▶ 正常速度　▶ 分解速度　▶▶▶ 速度訓練

⑩ 中譯 _____

▶▶ 正常速度　▶ 分解速度　▶▶▶ 速度訓練

解答 Answers

中譯

① 好暗哦，我找不到電燈開關。

② 這房間有冷氣，好涼快。

③ 電視的遙控器呢？

④ 開罐器在廚房的第二個抽屜。

⑤ 你可以把鍋子和鍋鏟洗一下嗎？

⑥ 你可以把剩菜用保鮮膜蓋起來嗎？

⑦ 幫我放兩片吐司麵包到烤麵包機。

⑧ 用微波爐30秒就可以了。

⑨ 我記得小時候我家後院有一張吊床。

⑩ 請你把百葉窗拉起來好嗎？

英 文

① **It's too dark. I can't find the light switch.**

② **This room is air-conditioned. It's so cool.**

③ **Where's the remote control for the TV?**

④ **The can opener is in the second drawer in the kitchen.**

⑤ **Would you wash the wok and the spatula?**

⑥ **Would you wrap the leftovers with plastic wrap?**

⑦ **Please put two slices of bread in the toaster.**

⑧ **Just put it in the microwave for 30 seconds.**

⑨ **I remember there was a hammock in the backyard of my house when I was a child.**

⑩ **Would you pull the shutters up please?**

二、長句聽力訓練

 單字打通關 Track 46

1. **screen**	[skrin]	*n.*	紗窗、紗門;屏風
2. **bedding set**	[ˋbɛdɪŋ ˋsɛt]	*n.*	床組
3. **bed sheet**	[ˋbɛd ˋʃit]	*n.*	床單
4. **pillowcase**	[ˋpɪloˌkes]	*n.*	枕頭套
5. **comforter**	[ˋkʌmfətə]	*n.*	棉被
6. **quilt**	[kwɪlt]	*n.*	薄棉被
7. **bed cover**	[ˋbɛd ˋkʌvə]	*n.*	床罩
8. **picture frame**	[ˋpɪktʃə ˋfrem]	*n.*	相框
9. **dresser**	[ˋdrɛsə]	*n.*	梳妝台
10. **tile**	[taɪl]	*n.*	磁磚
11. **cozy**	[ˋkozɪ]	*adj.*	舒適的
12. **beige**	[beʒ]	*n.*	駱駝色;淡褐色
13. **ambiance**	[ˋæmbɪəns]	*n.*	氣氛
14. **ping**	[pɪŋ]	*n.*	坪
15. **so-called**	[ˋsoˋkɔld]	*adj.*	所謂的
16. **bookshelf**	[ˋbukˌʃɛlf]	*n.*	書架

請聽 CD，並將聽到的英文句子譯為中文，每個句子會以不同速度唸三遍。

① 中譯 _____

▶▶ 正常速度　▶ 分解速度　▶▶▶ 速度訓練

② 中譯 _____

▶▶ 正常速度　▶ 分解速度　▶▶▶ 速度訓練

③ 中譯 _____

▶▶ 正常速度　▶ 分解速度　▶▶▶ 速度訓練

④ 中譯 _____

▶▶ 正常速度　▶ 分解速度　▶▶▶ 速度訓練

⑤ 中譯 _____

▶▶ 正常速度　▶ 分解速度　▶▶▶ 速度訓練

解答 Answers

中譯

① 紗窗上有一個洞,趕快找人補一補,順便把紗門也補一下吧。

② 這一套床組有六件,包括床單、兩個枕頭套、棉被、薄被和床罩。

③ 我們得去買一個18吋的相框,梳妝台上的那個太小了,我們那張新的照片放不下!

④ 我喜歡你們家磁磚的顏色,這種駱駝色配深藍色系的家具看起來既沉穩又舒適。

⑤ 我們家大約35坪,我所謂的「書房」就是在臥室的角落放一個屏風,屏風後面放一張桌子,還有書架!

英 文

① There is a hole in the window screen. Have it fixed soon, and have the screen door fixed as well.

② This bedding set has six pieces, including a bed sheet, two pillowcases, a comforter, a quilt and a bed cover.

③ We'll have to buy an 18-inch picture frame because the one on the dresser is too small for our new photo.

④ I like the color of your tiles. This kind of beige matches the navy blue furniture, which has a calm and cozy ambiance.

⑤ There are about 35 "pings" in our house. My so-called "study" sits behind a screen in the corner of my bedroom. In my study there is a desk and a bookshelf.

166

三、會話聽力訓練

 單字打通關　🎧 **Track** 47

1. general clean-up	[ˋdʒɛnərəl ˋklinˌʌp]	*n.*	大掃除
2. coffee table	[ˋkɔfɪ ˋtebḷ]	*n.*	茶几；咖啡桌
3. switch	[swɪtʃ]	*n.*	開關
4. cupboard	[ˋkʌbəd]	*n.*	碗櫥
5. vacuum	[ˋvækjuəm]	*n./v.*	吸塵器／吸塵
6. chopping board	[ˋtʃɑpɪŋ ˋbord]	*n.*	砧板
7. electrical appliance	[ɪˋlɛktrɪkḷ əˋplaɪəns]	*n.*	電器
8. mat	[mæt]	*n.*	踏墊
9. balcony	[ˋbælkənɪ]	*n.*	陽台
10. curtain	[ˋkɝtn̩]	*n.*	窗簾
11. door knob	[ˋdor ˋnɑb]	*n.*	門把
12. spotless	[ˋspɑtlɪs]	*adj.*	一塵不染的

請聽 **CD** 並將聽到的英文寫出來，對話會以不同速度唸三遍。

▶▶ 正常速度　▶ 分解速度　▶▶▶ 速度訓練

A _____

B _____

A _____

B _____

A _____

B _____

A _____

解答 Answers

中譯

A：快過年了，我們來個大掃除好嗎？

B：好啊。我負責客廳和廚房，你負責其他的。

A：記得沙發、桌子、茶几、開關、碗櫥都要清理，地毯也要吸哦。還有，砧板也要洗乾淨！

B：沒問題，那你把全部的電器、床單、棉被、枕頭、踏墊、陽台、門窗——包括百葉窗、窗簾、把手，都洗乾淨哦！

A：我一定會把它們洗得乾乾淨淨、一塵不染！

B：誰來洗廁所？

A：我來洗！

英文

A : Chinese New Year will be here soon. Let's do a general clean-up.

B : Why not? I'll take care of the living room and the kitchen. You can do the rest.

A : Remember the couch, table, coffee table, switches, and the cupboard will all have to be cleaned. Oh, don't forget to vacuum the carpet too. By the way, the chopping board should also be washed.

B : No problem. And you'll clean up all the electrical appliances, bed sheets, comforters, pillows, doormats,

Unit 15 家具 Furniture　169

balcony, doors and windows, including the shutters, curtains and doorknobs.

A : I will wash them until they're all spotless!

B : Who'll clean the bathroom?

A : I'll do it.

<Unit 16>
餐 廳
Restaurant

一、短句聽力訓練

1. **full**	[fʊl]	*adj.*	飽的
2. **throw up**	[ˋθro͵ʌp]	*v.*	吐
3. **portion**	[ˋporʃən]	*n.*	份量
4. **appetizer**	[ˋæpə͵taɪzɚ]	*n.*	開胃菜
5. **shrimp**	[ˋʃrɪmp]	*n.*	蝦子
6. **olive**	[ˋɑlɪv]	*n.*	橄欖
7. **dice**	[daɪs]	*n./v.*	小塊／切丁
8. **slice**	[slaɪs]	*n./v.*	片／切片
9. **salt shaker**	[ˋsɔlt ˋʃekɚ]	*n.*	鹽罐
10. **pepper shaker**	[ˋpɛpɚ ˋʃekɚ]	*n.*	胡椒罐
11. **tablecloth**	[ˋtebl͵klɔθ]	*n.*	桌巾
12. **parmesan**	[͵pɑrməˋzæn]	*n.*	巴馬乾酪
13. **macaroni**	[͵mækəˋronɪ]	*n.*	通心粉
14. **tip**	[tɪp]	*n./v.*	小費／給小費
15. **serving trolley**	[ˋsɜvɪŋ ˋtrɑlɪ]	*n.*	餐車
16. **grind**	[graɪnd]	*v.*	磨

請聽 **CD**，並將聽到的英文句子譯為中文，每個句子會以不同速度唸三遍。

① 中譯 _____

▶▶ 正常速度　▶ 分解速度　▶▶▶ 速度訓練

② 中譯 _____

▶▶ 正常速度　▶ 分解速度　▶▶▶ 速度訓練

③ 中譯 _____

▶▶ 正常速度　▶ 分解速度　▶▶▶ 速度訓練

④ 中譯 _____

▶▶ 正常速度　▶ 分解速度　▶▶▶ 速度訓練

⑤ 中譯 _____

▶▶ 正常速度　▶ 分解速度　▶▶▶ 速度訓練

⑥ 中譯 _____

▶▶ 正常速度　▶ 分解速度　▶▶▶ 速度訓練

⑦ 中譯 _____

▶▶ 正常速度　▶ 分解速度　▶▶▶ 速度訓練

⑧ 中譯 _____

▸▸ 正常速度　▸ 分解速度　▸▸▸ 速度訓練

⑨ 中譯 _____

▸▸ 正常速度　▸ 分解速度　▸▸▸ 速度訓練

⑩ 中譯 _____

▸▸ 正常速度　▸ 分解速度　▸▸▸ 速度訓練

解答 Answers

中譯

① 我好飽，飽得想吐。

② 這道牛排好大一份。

③ 我們的開胃菜是蝦子配橄欖。

④ 請幫我磨一些芝麻粉，好嗎？

⑤ 你的牛肉要切丁還是切片？

⑥ 桌上有鹽罐和胡椒罐。

⑦ 這個桌巾是什麼材質？

⑧ 你的通心粉要不要加一些巴馬乾酪起司粉？

⑨ 他總是給很多小費。

⑩ 這餐車上有一瓶香檳。

英 文

① I feel so full that I could throw up.

② This is a large portion of steak.

③ Our appetizer will be shrimp with olives.

④ Could you grind some sesame seeds for me please?

⑤ Would you like your beef diced or sliced?

⑥ There is a salt shaker and a pepper shaker on the table.

⑦ What material is this tablecloth?

⑧ Would you like some parmesan for your macaroni?

⑨ He always tips generously.

⑩ There is a bottle of champagne on the serving trolley.

二、長句聽力訓練

 單字打通關 Track 49

1. **à la carte**	[ˌɑləˋkɑrt]	*adj./adv.*	單點
2. **buffet**	[buˋfe]	*n.*	自助餐
3. **service charge**	[ˋsɜvɪs ˋtʃɑrdʒ]	*n.*	服務費
4. **classmate**	[ˋklæsˌmet]	*n.*	同班同學
5. **blue cheese**	[ˋblu ˋtʃiz]	*n.*	藍色起司（發霉的，有一種特殊氣味，西方人很喜歡）
6. **election**	[ɪˋlɛkʃən]	*n.*	選舉
7. **chop**	[tʃɑp]	*v.*	剁
8. **corrupt**	[kəˋrʌpt]	*adj.*	貪污的；敗壞的

請聽 **CD**，並將聽到的英文句子譯為中文，每個句子會以不同速度唸三遍。

① 中譯 _____

▸▸ 正常速度　▸ 分解速度　▸▸▸ 速度訓練

② 中譯 _____

▸▸ 正常速度　▸ 分解速度　▸▸▸ 速度訓練

③ 中譯 _____

▸▸ 正常速度　▸ 分解速度　▸▸▸ 速度訓練

④ 中譯 _____

▸▸ 正常速度　▸ 分解速度　▸▸▸ 速度訓練

⑤ 中譯 _____

▸▸ 正常速度　▸ 分解速度　▸▸▸ 速度訓練

解答 Answers

中譯

① 你要吃自助餐還是單點？這家的自助餐很有名哦！

② 除了列在帳單上的服務費之外，我們還應該給小費，表示對服務員的感謝。

③ 那個推著餐車走過來的女服務生是我的高中同班同學。

④ 藍色起司雖然很香，但是那個黴看起來很恐怖，我不太可能吃它。

⑤ 在台灣的競選期間，有些候選人為了宣誓自己的清白，就會斬雞頭。我覺得雞還真無辜。

英 文

① **Would you like to order à la carte or have the buffet? The buffet at this restaurant is pretty famous.**

② **Besides paying the service charge listed on the bill, we should also tip the attendants to show our appreciation.**

③ **The waitress who is pushing the serving trolley toward us was my high school classmate.**

④ **Even though blue cheese smells great, I can't really eat it because the mold looks terrible.**

⑤ **During elections in Taiwan, some candidates would chop off chicken heads and vow that they are not corrupt. What did the chickens ever do?**

三、會話聽力訓練

單字打通關 🎧 Track 50

1. **mainland China**	[ˋmenˌlænd ˋtʃaɪnə]	n.	大陸
2. **steam**	[stim]	v.	蒸
3. **crab**	[kræb]	n.	螃蟹
4. **grill**	[grɪl]	v.	燒烤
5. **salmon**	[ˋsæmən]	n.	鮭魚
6. **clam chowder**	[ˋklæm ˋtʃaudə]	n.	蛤蠣濃湯
7. **sourdough bread**	[ˋsaurˌdo ˋbrɛd]	n.	酸麵包

聽力特訓 🎧 Track 50

請聽 **CD** 並將聽到的英文寫出來，對話會以不同速度唸三遍。

▸▸ 正常速度　▸ 分解速度　▸▸▸ 速度訓練

Ⓐ _____

Ⓑ _____

Ⓐ _____

Ⓑ _____

Ⓐ _____

中譯

A： 歡迎光臨,好久不見!你們剛從大陸回來嗎?

B： 是的,好久不見。你好嗎?

A：我很好,謝謝。我們今天有張先生最愛吃的清蒸螃蟹,還有張太太最愛吃的烤鮭魚,而且今天兩樣都是「特價」!

B：太好了,我們就各來一個!另外,也來個蛤蠣濃湯和酸麵包吧!

A：好極了,我們很快就上菜了!

英 文

A : Welcome. I haven't seen you for a while. Did you just get back from mainland China?

B : Yes indeed. How are you?

A : I'm fine, thank you. We have Mr. Chang's favorite steamed crabs and Mrs. Chang's favorite grilled salmon. Both are featured on today's specials!

B : That's great. We'll have one of each. We'll also have clam chowder and sourdough bread.

A : Excellent! The food will be served in a minute.

<Unit 17>
文具
Stationery

註 stationery 不可用複數，stationary
則是「靜止的」。例：stationary bike
「室內腳踏車」。記憶方法：文具和 email
有關，所以「文具」是 station<u>e</u>ry。

一、短句聽力訓練

單字打通關 🎧 Track 51

1. **pencil sharpener**	[ˈpɛnsḷ ˈʃɑrpənɚ]	*n.*	削鉛筆機
2. **compasses**	[ˈkʌmpəsɪz]	*n.*	圓規（單數 compass 指的是「羅盤」）
3. **triangle**	[ˈtraɪ,æŋgḷ]	*n.*	三角板
4. **sketch**	[skɛtʃ]	*n./v.*	素描
5. **charcoal pencil**	[ˈtʃɑr,kol ˈpɛnsḷ]	*n.*	炭筆（charcoal 指的是「木炭」）
6. **post-it**	[ˈpostɪt]	*n.*	便利貼
7. **printer**	[ˈprɪntɚ]	*n.*	印表機
8. **fax machine**	[ˈfæks məˈʃin]	*n.*	傳真機
9. **promotion**	[prəˈmoʃən]	*n.*	促銷
10. **stapler**	[ˈsteplɚ]	*n.*	釘書機
11. **staple(s)**	[ˈstepḷ(z)]	*n.*	釘書針
12. **marker**	[ˈmɑrkɚ]	*n.*	海報筆；白板筆
13. **paper shredder**	[ˈpepɚ ˈʃrɛdɚ]	*n.*	碎紙機
14. **duplicate**	[ˈdjupləkɪt]	*n.* 副本 *v.* 複製
15. **original**	[əˈrɪdʒənḷ]	*n.* 原件 *adj.* 原件的
16. **safe**	[sef]	*n.*	保險箱
17. **rubber band**	[ˈrʌbɚ ˈbænd]	*n.*	橡皮筋（鬆緊帶：elastic [ɪˈlæstɪk]）

 **Track** *51*

請聽 **CD**，並將聽到的英文句子譯為中文，每個句子會以不同速度唸三遍。

① 中譯 _____
>> 正常速度　> 分解速度　>>> 速度訓練

② 中譯 _____
>> 正常速度　> 分解速度　>>> 速度訓練

③ 中譯 _____
>> 正常速度　> 分解速度　>>> 速度訓練

④ 中譯 _____
>> 正常速度　> 分解速度　>>> 速度訓練

⑤ 中譯 _____
>> 正常速度　> 分解速度　>>> 速度訓練

⑥ 中譯 _____
>> 正常速度　> 分解速度　>>> 速度訓練

⑦ 中譯 _____
>> 正常速度　> 分解速度　>>> 速度訓練

⑧ 中譯

▶▶ 正常速度　▶ 分解速度　▶▶▶ 速度訓練

⑨ 中譯

▶▶ 正常速度　▶ 分解速度　▶▶▶ 速度訓練

⑩ 中譯

▶▶ 正常速度　▶ 分解速度　▶▶▶ 速度訓練

中譯

① 這支筆鈍了，你有沒有削鉛筆機？

② 我下課要去買一個圓規和三角板。

③ 你用鉛筆畫素描太淡了，你應該用炭筆。

④ 你有沒有大一點的便利貼？

⑤ HP的印表機和傳真機正在特價。

⑥ 我有釘書機，但是沒有訂書針！

⑦ 我需要一枝紅色的白板筆。

⑧ 我不知道這位前總統買那麼多的碎紙機是要做啥？

⑨ 這是副本，原件在保險箱裡。

⑩ 你有沒有橡皮筋？

英 文

① This pencil is blunt. Do you have a pencil sharpener?

② I'll buy a pair of compasses and a triangle after class.

③ Sketching with a regular pencil is too light. You should use a charcoal pencil instead.

④ Do you have a bigger post-it?

⑤ HP is having a promotion on printers and fax machines.

⑥ I have a stapler, but no staples.

⑦ I need a red marker.

⑧ I wonder why the former President bought so many paper shredders.

⑨ This is the duplicate. The original is in the safe.

⑩ Do you have a rubber band?

二、長句聽力訓練

 單字打通關 Track 52

1. **photo album**	[ˈfoto ˈælbəm]	*n.*	相冊
2. **childhood**	[ˈtʃaɪldˌhʊd]	*n.*	童年
3. **glue**	[glu]	*n.*	膠水
4. **sticky**	[ˈstɪkɪ]	*adj.*	黏的
5. **paper clip**	[ˈpepɚ ˈklɪp]	*n.*	迴紋針
6. **mental arithmetic**	[ˈmɛntəl əˈrɪθməˌtɪk]	*n.*	心算
7. **calculator**	[ˈkælkjəˌletɚ]	*n.*	計算機
8. **chalk**	[tʃɔk]	*n.*	粉筆
9. **power point**	[ˈpaʊɚ ˈpɔɪnt]	*n.*	電腦投影

請聽 CD，並將聽到的英文句子譯為中文，每個句子會以不同速度唸三遍。

① 中譯 _____

▶▶ 正常速度　▶ 分解速度　▶▶▶ 速度訓練

② 中譯 _____

▶▶ 正常速度　▶ 分解速度　▶▶▶ 速度訓練

③ 中譯 _____

▶▶ 正常速度　▶ 分解速度　▶▶▶ 速度訓練

④ 中譯 _____

▶▶ 正常速度　▶ 分解速度　▶▶▶ 速度訓練

⑤ 中譯 _____

▶▶ 正常速度　▶ 分解速度　▶▶▶ 速度訓練

解答 Answers

中譯

① 你要不要看我的相本？裡面有從我小時候到現在的照片。

② 這個膠水不夠黏，還是用釘書機比較牢靠。

③ 請問你有沒有迴紋針？這些紙張需夾成一疊。

④ 我以前很會心算，不過開始用計算機以後，心算都忘了！

⑤ 老師們教書時，不是用粉筆、白板筆，不然就用電腦投影。

英文

① Would you like to look at my photo album? It has pictures from my childhood.

② This glue isn't sticky enough. I'd better use a stapler instead.

③ Do you have a paper clip? These sheets need to be clipped together.

④ I used to be good at mental arithmetic, but I've forgotten how to do it ever since I started using a calculator.

⑤ Teachers often use either chalk, markers, or PowerPoint when they teach.

三、會話聽力訓練

 單字打通關 Track 53

1. **telephone directory** [ˈtɛləˌfon dəˈrɛktərɪ] *n.* 電話簿（指的是電信局發的；個人電話簿則是 phone book）
2. **factory** [ˈfæktərɪ] *n.* 工廠
3. **Yellow Pages** [ˈjɛlo ˈpedʒɪz] *n.* 工商電話簿
4. **whiteout** [ˈhwaɪtˌaut] *n.* 立可白（也可稱爲 correction fluid）
5. **developing country** [dɪˈvɛləpɪŋ ˈkʌntrɪ] *n.* 開發中國家

聽力特訓 Track 53

請聽 CD 並將聽到的英文寫出來，對話會以不同速度唸三遍。

▶▶ 正常速度　▶ 分解速度　▶▶▶ 速度訓練

Ⓐ _____

Ⓑ _____

Ⓐ _____

Ⓑ _____

中譯

A：這個太複雜了，我還是用計算機比較快！

B：好，拿去！對了，你有沒有電話簿？我想找幾家文具工廠。

A：我有工商電話簿。你想買什麼？為什麼不去文具店或書店買就好了？

B：我是想做立可白和海報筆的外銷，聽說這些開發中國家的市場不錯。

英 文

A : This is too complicated. I'd better use a calculator.

B : Sure, here's one. Do you have the telephone directory? I want to find a few stationery factories.

A : I have the Yellow Pages. What do you want to buy? Why don't you go to the stationery shop or bookstore to get what you need?

B : I would like to export whiteout and markers. I've been told that these sell well in developing countries.

<Unit 18>
醫 院
Hospital

一、短句聽力訓練

1. **pediatrician**	[ˌpidɪəˋtrɪʃən]	*n.*	小兒科醫生
2. **gynecologist**	[ˌgaɪnəˋkalədʒɪst]	*n.*	婦科醫生
3. **psychiatrist**	[saɪˋkaɪətrɪst]	*n.*	精神科醫生
4. **psychologist**	[saɪˋkalədʒɪst]	*n.*	心理學家
5. **medical card**	[ˋmɛdɪkḷ ˋkard]	*n.*	健保卡（或 insurance card）
6. **deposit**	[dɪˋpazɪt]	*n.*	押金
7. **ICU**		*n.*	加護病房（intensive care unit 的縮寫）
8. **stretcher**	[ˋstrɛtʃə]	*n.*	擔架
9. **wheelchair**	[ˋhwiḷˌtʃɛr]	*n.*	輪椅
10. **IV**		*n.*	點滴
11. **dizzy**	[ˋdɪzɪ]	*adj.*	頭昏
12. **carsick**	[ˋkarˌsɪk]	*adj.*	暈車
13. **seasick**	[ˋsiˌsɪk]	*adj.*	暈船
14. **epidemic**	[ˌɛpɪˋdɛmɪk]	*n.*	流行疾病
15. **aromatherapy**	[ˌærəməˋθɛrəpɪ]	*n.*	芳香療法
16. **aroma**	[əˋromə]	*n.*	芳香之氣
17. **sleeping pill**	[ˋslipɪŋ ˋpɪl]	*n.*	安眠藥
18. **coke**	[kok]	*n.*	可樂
19. **cough syrup**	[ˋkɔf ˋsɪrəp]	*n.*	咳嗽糖漿

 **聽力特訓** Track *54*

請聽 **CD**，並將聽到的英文句子譯為中文，每個句子會以不同速度唸三遍。

① 中譯 _____

▶▶ 正常速度　▶ 分解速度　▶▶▶ 速度訓練

② 中譯 _____

▶▶ 正常速度　▶ 分解速度　▶▶▶ 速度訓練

③ 中譯 _____

▶▶ 正常速度　▶ 分解速度　▶▶▶ 速度訓練

④ 中譯 _____

▶▶ 正常速度　▶ 分解速度　▶▶▶ 速度訓練

⑤ 中譯 _____

▶▶ 正常速度　▶ 分解速度　▶▶▶ 速度訓練

⑥ 中譯 _____

▶▶ 正常速度　▶ 分解速度　▶▶▶ 速度訓練

⑦ 中譯 _____

▶▶ 正常速度　▶ 分解速度　▶▶▶ 速度訓練

⑧ 中譯

▶▶ 正常速度　▶ 分解速度　▶▶▶ 速度訓練

⑨ 中譯

▶▶ 正常速度　▶ 分解速度　▶▶▶ 速度訓練

⑩ 中譯

▶▶ 正常速度　▶ 分解速度　▶▶▶ 速度訓練

解答 Answers

中譯

① 我不確定他是小兒科醫生還是婦科醫生。

② 精神科醫生和心理學家有何不同？

③ 糟了，我忘了帶健保卡，只好付現金了！

④ 他發生了嚴重的車禍，現在住在加護病房。

⑤ 醫院的擔架、輪椅、點滴，都讓人看了不舒服。

⑥ 我常頭昏，也容易暈車和暈船。

⑦ 我要提醒大家小心防範這個流行性疾病。

⑧ 儘量不要吃安眠藥，否則可能會傷腦。

⑨ 芳香療法基本上是用精油來按摩。

⑩ 你知道可口可樂的靈感是來自咳嗽糖漿嗎？

英 文

① I'm not sure whether he is a pediatrician or a gynecologist.

② What's the difference between a psychiatrist and a psychologist?

③ Oh no, I forgot to bring the medical card. I'll have to pay cash this time.

④ He had a very serious car accident. He's in the ICU now.

⑤ It's quite upsetting to see the stretchers, wheelchairs, and IV equipment at hospitals.

⑥ I often feel dizzy, and I get carsick and seasick very easily too.

⑦ I must remind you to keep from getting this epidemic.

⑧ Try not to take sleeping pills. They might harm your brain.

⑨ Aromatherapy basically involves massage with essential oils.

⑩ Did you know that the invention of Coke has its roots in cough syrup?

二、長句聽力訓練

 單字打通關 **Track** *55*

1. iodine	[ˋaɪəˏdaɪn]	*n.*	碘酒
2. band-aid	[ˋbændˏed]	*n.*	OK 繃
3. dry eye syndrome	[ˋdraɪ ˏaɪ ˋsɪnˏdrom]	*n.*	乾眼症
4. eyedrop	[ˋaɪˏdrɑp]	*n.*	眼藥水
5. Q-tip	[ˋkjuˏtɪp]	*n.*	棉花棒
6. Vaseline	[ˋvæsḷˏin]	*n.*	凡士林
7. eyeliner	[ˋaɪˏlaɪnə]	*n.*	眼線
8. inflamed	[ɪnˋflemd]	*adj.*	發炎的
9. gauze	[gɔz]	*n.*	紗布
10. dislocated	[ˋdɪsloˏketɪd]	*adj.*	脫臼的
11. swab	[swɑb]	*v.*	用棉花棒擦拭

請聽 **CD**，並將聽到的英文句子譯為中文，每個句子會以不同速度唸三遍。

① 中譯 _____

▶▶ 正常速度　▶ 分解速度　▶▶▶ 速度訓練

② 中譯 _____

▶▶ 正常速度　▶ 分解速度　▶▶▶ 速度訓練

③ 中譯 _____

▶▶ 正常速度　▶ 分解速度　▶▶▶ 速度訓練

④ 中譯 _____

▶▶ 正常速度　▶ 分解速度　▶▶▶ 速度訓練

⑤ 中譯 _____

▶▶ 正常速度　▶ 分解速度　▶▶▶ 速度訓練

中譯

① 你受傷了，我去附近藥房買碘酒和OK繃。

② 我有乾眼症，醫生給我開了一些眼藥水，要我每隔4到5小時點一次。

③ 請問你有沒有棉花棒？我要沾些凡士林把眼線卸掉。

④ 啊，傷口發炎了，最好用紗布把它包起來。

⑤ 我的右手臂已經脫臼兩次，所以我每次丟球都特別小心。

英 文

① You're hurt. I'll buy some iodine and band-aids at the pharmacy nearby.

② Because I have dry eye syndrome, the doctor prescribed some eyedrops for me to use once every four to five hours.

③ Do you have some Q-tips? I need to swab on some Vaseline to remove my eyeliner.

④ Ah, the wound is inflamed. We'd better wrap it up with gauze.

⑤ My right arm has been dislocated twice, so I must be careful each time I throw a ball.

三、會話聽力訓練

1. **vomit**	[ˋvɑmɪt]	v.	嘔吐
2. **morning sickness**	[ˋmɔrnɪŋ ˋsɪknɪs]	n.	害喜
3. **contraception**	[ˌkɑntrəˋsɛpʃən]	n.	避孕（或 birth control）
4. **obstetrician**	[ˌɑbstɛˋtrɪʃən]	n.	產科醫生（「婦科醫生」則為 gynecologist）
5. **vaccine**	[ˋvæksin]	n.	疫苗
6. **period**	[ˋpɪrɪəd]	n.	月經
7. **labor pain**	[ˋlebɚ ˋpen]	n.	陣痛

聽力特訓 🎧 Track 56

請聽 **CD** 並將聽到的英文寫出來，對話會以不同速度唸三遍。

▶▶ 正常速度　▶ 分解速度　▶▶▶ 速度訓練

A _____

B _____

A _____

B _____

中譯

A：她怎麼一直吐？是不是懷孕了？好像害喜一樣！

B：不可能，他們一直都有避孕啊！不過還是去看一下婦產科好了，說不定
真的是懷孕了！

A：如果是的話，現在不能隨便吃藥，也不能接種疫苗。

B：當女人真辛苦，有月經，又害喜，還有陣痛！

英 文

A : Why does she keep vomiting? Is she pregnant? She seems to have morning sickness!

B : That's impossible. They've been using contraception. But they might as well go see an obstetrician. Who knows? She might be pregnant!

A : If that's the case, she should be very careful about the medicine she takes. She should also hold off on getting vaccines.

B : It's hard to be a woman. They have to deal with periods, morning sickness, and labor pain!

<Unit 19>
交通工具
Vehicles

一、短句聽力訓練

 單字打通關 Track 57

1.	**convertible**	[kənˋvɝtəbl̩]	*n.* 敞篷車
2.	**stereo**	[ˋstɛrɪo]	*n.* 音響
3.	**ambulance**	[ˋæmbjələns]	*n.* 救護車
4.	**limousine**	[ˋlɪməˌzin]	*n.* 加長禮車
5.	**steering wheel**	[ˋstɪrɪŋ ˋhwil]	*n.* 方向盤
6.	**honk**	[hɔŋk]	*v.* 按喇叭
7.	**GPS**		*n.* 全球定位系統（global positioning system 的簡稱）
8.	**jack**	[dʒæk]	*n.* 千斤頂
9.	**spare tire**	[ˋspɛr ˋtaɪr]	*n.* 備胎
10.	**gas tank**	[ˋgæs ˋtæŋk]	*n.* 油箱
11.	**rear-view mirror**	[ˋrɪrˌvju ˋmɪrɚ]	*n.* 後視鏡
12.	**moon roof**	[ˋmun ˋruf]	*n.* 汽車的天窗

請聽 CD，並將聽到的英文句子譯為中文，每個句子會以不同速度唸三遍。

① 中譯 _____

▶▶ 正常速度 ▶ 分解速度 ▶▶▶ 速度訓練

② 中譯 _____

▶▶ 正常速度 ▶ 分解速度 ▶▶▶ 速度訓練

③ 中譯 _____

▶▶ 正常速度 ▶ 分解速度 ▶▶▶ 速度訓練

④ 中譯 _____

▶▶ 正常速度 ▶ 分解速度 ▶▶▶ 速度訓練

⑤ 中譯 _____

▶▶ 正常速度 ▶ 分解速度 ▶▶▶ 速度訓練

⑥ 中譯 _____

▶▶ 正常速度 ▶ 分解速度 ▶▶▶ 速度訓練

⑦ 中譯 _____

▶▶ 正常速度 ▶ 分解速度 ▶▶▶ 速度訓練

⑧ 中譯 _____

▸▸ 正常速度　▸ 分解速度　▸▸▸ 速度訓練

⑨ 中譯 _____

▸▸ 正常速度　▸ 分解速度　▸▸▸ 速度訓練

⑩ 中譯 _____

▸▸ 正常速度　▸ 分解速度　▸▸▸ 速度訓練

解答 Answers

中譯

① 他的敞篷車設備真好，尤其是音響！
② 救護車碰到紅燈是不需要停的。
③ 那個名人從豪華禮車優雅地走出來。
④ 握緊方向盤，眼盯前方。
⑤ 這是學校區域，不要按喇叭。
⑥ 我也想買一台先進的全球定位系統。
⑦ 我把千斤頂和備胎都放在行李箱裡。
⑧ 油箱還是滿的，現在不用加油！
⑨ 請你調整一下後視鏡好嗎？
⑩ 把天窗關起來吧！好像快下雨了！

英文

① His convertible has some great features, especially the stereo!
② Ambulances do not stop for red lights.
③ That celebrity elegantly stepped out of the limousine.
④ Hold tight on the steering wheel and look forward.
⑤ This is a school zone. Do not honk.
⑥ I also wish to buy an advanced GPS.
⑦ I put the jack and spare tire in the trunk.
⑧ The gas tank is full. There's no need to refuel.
⑨ Would you please adjust the rear-view mirror?
⑩ Close the moon roof. It looks like it's going to rain.

二、長句聽力訓練

 單字打通關 Track 58

1. gas station	[ˋgæs ˋsteʃən]	*n.*	加油站
2. ticket	[ˋtɪkɪt]	*n.*	罰單
3. speeding	[ˋspidɪŋ]	*n.*	超速
4. run a red light		*v.*	闖紅燈
5. rush hour	[ˋrʌʃ ˋaʊr]	*n.*	尖峰時刻
6. traffic congestion	[ˋtræfɪk kənˋdʒɛstʃən]	*n.*	塞車
7. road sign	[ˋrod ˋsaɪn]	*n.*	路標
8. U-turn	[ˋjuˏtɜn]	*n.*	迴轉
9. bumpy	[ˋbʌmpɪ]	*adj.*	凹凸不平的
10. pull over		*v.*	靠邊停

請聽 **CD**，並將聽到的英文句子譯為中文，每個句子會以不同速度唸三遍。

① 中譯 _____

▶▶ 正常速度　▶ 分解速度　▶▶▶ 速度訓練

② 中譯 _____

▶▶ 正常速度　▶ 分解速度　▶▶▶ 速度訓練

③ 中譯 _____

▶▶ 正常速度　▶ 分解速度　▶▶▶ 速度訓練

④ 中譯 _____

▶▶ 正常速度　▶ 分解速度　▶▶▶ 速度訓練

⑤ 中譯 _____

▶▶ 正常速度　▶ 分解速度　▶▶▶ 速度訓練

中譯

① 你去問一問，最近的加油站在哪裡？油箱都快空了！

② 我今天拿了兩張罰單，一張是超速，一張是闖紅燈。

③ 我們最好等交通尖峰時刻過了再動身，否則會碰到很嚴重的塞車。

④ 你看到那個路標了嗎？上面寫禁止迴轉，也禁止左轉。

⑤ 這條路凹凸不平，請你靠路邊停一下，我有一點暈車。

英 文

① **Would you go ask where the nearest gas station is? The gas tank is almost empty!**

（※此為間接問句，所以不能用 where is ...）

② **I got two tickets today: one for speeding, and one for running a red light.**

③ **We'd better leave after rush hour or we might get stuck in traffic.**

④ **Do you see that road sign? It says no U-turn and no left turn.**

⑤ **This road is bumpy. Would you pull over please? I feel a little dizzy.**

三、會話聽力訓練

 單字打通關 **Track** *59*

1. **tow-away zone** ［`to͵ə`we `zon］ *n.* 停車會被拖吊區
2. **double parking** ［`dʌbḷ `pɑrkɪŋ］ *n.* 雙排停車（double park 則是動詞）
3. **parking space** ［`pɑrkɪŋ `spes］ *n.* 停車格

聽力特訓 **Track** *59*

請聽 CD 並將聽到的英文寫出來，對話會以不同速度唸三遍。

▶▶ 正常速度　▶ 分解速度　▶▶▶ 速度訓練

Ⓐ _____

Ⓑ _____

Ⓐ _____

Ⓑ _____

Ⓐ _____

中譯

A：不要在這兒停車，車會被拖走哦！

B：但是停車場都滿了，我總不能在路邊雙排停車吧！

A：對啊！這樣會造成交通堵塞，還會吃罰單！

B：在大都市生活雖然方便，但還真是蠻痛苦的！

A：嘿！有一輛車走了，我們有停車位了！

英 文

A : Don't park here. Your car will get towed away.

B : But the parking lot is full, and I can't double park!

A : Right, that will cause traffic congestion and you'll get a ticket for it!

B : Living in a big city is kind of hard, even though it's convenient.

A : Hey, a car is leaving. We've got a parking space!

＜Unit 20＞
教 育
Education

一、短句聽力訓練

 單字打通關 Track 60

1. **master's program**	[ˈmæstəz ˈprogræm]	*n.*	碩士班
2. **Ph.D. program**		*n.*	博士班
3. **graduate student**	[ˈgrædʒuɪt ˈstjudn̩t]	*n.*	研究生
4. **period**	[ˈpɪrɪəd]	*n.*	一堂課
5. **journalism**	[ˈdʒɝnl̩ˌɪzm̩]	*n.*	新聞學
6. **diplomacy**	[dɪˈploməsɪ]	*n.*	外交
7. **eloquent**	[ˈɛləkwənt]	*adj.*	口才佳的
8. **vet**	[vɛt]	*n.*	獸醫
9. **midterm exam**	[ˈmɪdˌtɝm ɪgˈzæm]	*n.*	期中考
10. **overloaded**	[ˈovɚˈlodɪd]	*adj.*	負荷太重的
11. **required course**	[rɪˈkwaɪrd ˈkors]	*n.*	必修科
12. **elective course**	[ɪˈlɛktɪv ˈkors]	*n.*	選修課

 **Track** *60*

請聽 **CD**，並將聽到的英文句子譯為中文，每個句子會以不同速度唸三遍。

① 中譯 _____

               ▶▶ 正常速度　▶ 分解速度　▶▶▶ 速度訓練

② 中譯 _____

               ▶▶ 正常速度　▶ 分解速度　▶▶▶ 速度訓練

③ 中譯 _____

               ▶▶ 正常速度　▶ 分解速度　▶▶▶ 速度訓練

④ 中譯 _____

               ▶▶ 正常速度　▶ 分解速度　▶▶▶ 速度訓練

⑤ 中譯 _____

               ▶▶ 正常速度　▶ 分解速度　▶▶▶ 速度訓練

⑥ 中譯 _____

               ▶▶ 正常速度　▶ 分解速度　▶▶▶ 速度訓練

⑦ 中譯 _____

               ▶▶ 正常速度　▶ 分解速度　▶▶▶ 速度訓練

⑧ 中譯 _____

▸▸ 正常速度　▸ 分解速度　▸▸▸ 速度訓練

⑨ 中譯 _____

▸▸ 正常速度　▸ 分解速度　▸▸▸ 速度訓練

⑩ 中譯 _____

▸▸ 正常速度　▸ 分解速度　▸▸▸ 速度訓練

中譯

① 他唸碩士班，他哥哥在唸博士班。

② 我們所裡一共有60多位研究生。

③ 我禮拜一的課最多，有六堂課。

④ 我是新聞系的學生，但我下學期想轉到外交系。

⑤ 一般說來，工科學生的口才都不太好。

⑥ 我以後很想當獸醫，但又怕看到動物無助的模樣。

⑦ 我們學校的外語學院有六種外國語文。

⑧ 老師說期中考要延後一週。

⑨ 功課太多了，真是負荷不了！

⑩ 這一科是選修還是必修？

英 文

① He's in the master's program, and his brother is in the Ph.D. program.

② We have 60 some graduate students in our program.

③ Monday is when I have the most classes — six periods!

④ I am a journalism major, but I wish to transfer to diplomacy next semester.

⑤ Generally speaking, most engineering majors are not eloquent.

⑥ I would really like to become a vet in the future, but I don't like to see animals that are without hope.

⑦ Our College of Foreign Languages offers six different languages.

⑧ The teacher said that the mid-term exam would be postponed for a week.

⑨ There's too much homework. I am overloaded.

⑩ Is this a required course or an elective course?

二、長句聽力訓練

 單字打通關 Track 61

1. **quiz**	[kwɪz]	n.	小考
2. **final exam**	[ˋfaɪnḷ ɪgˋzæm]	n.	期末考
3. **lecturer**	[ˋlɛktʃərə]	n.	講師
4. **assistant professor**	[əˋsɪstənt prəˋfɛsə]	n.	助理教授
5. **interpreter**	[ɪnˋtɝprɪtə]	n.	口譯員
6. **recess**	[rɪˋsɛs]	n.	下課時間
7. **student ID**		n.	學生證

請聽 CD，並將聽到的英文句子譯為中文，每個句子會以不同速度唸三遍。

① 中譯 _____

▶▶ 正常速度　▶ 分解速度　▶▶▶ 速度訓練

② 中譯 _____

▶▶ 正常速度　▶ 分解速度　▶▶▶ 速度訓練

③ 中譯 _____

▶▶ 正常速度　▶ 分解速度　▶▶▶ 速度訓練

④ 中譯 _____

▶▶ 正常速度　▶ 分解速度　▶▶▶ 速度訓練

⑤ 中譯 _____

▶▶ 正常速度　▶ 分解速度　▶▶▶ 速度訓練

解答 Answers

中譯

① 一科接一科的小考、期中考、期末考,真把我烤焦了!

② 你現在是講師,等你拿了博士學位,就可以從助理教授做起。

③ 她是一位全職的秘書和兼職的口譯員。

④ 你先專心上課,等下課的時候,我們再來討論你到底要不要考研究所。

⑤ 我們無論是進圖書館或是要借書,都得出示學生證。

英 文

① All these quizzes, midterms and finals one after another are driving me crazy.

② You are a lecturer now, and you can become an assistant professor once you obtain a Ph.D.

③ She is a full-time secretary and a part-time interpreter.

④ Focus on your classes for now, and we will discuss whether you should take the entrance exam for graduate school afterwards.

⑤ We need to show our student IDs in order to enter the library or borrow a book.

三、會話聽力訓練

 聽力特訓 🎧 Track 62

請聽 **CD** 並將聽到的英文寫出來,對話會以不同速度唸三遍。

▸▸ 正常速度 ▸ 分解速度 ▸▸▸ 速度訓練

A _____

B _____

A _____

B _____

解答 Answers

中譯

A：你明年就大學畢業了，你要唸研究所還是先工作？

B：我可能要先工作幾年，存夠了學費和生活費，再出國讀書。

A：也許我們可以先找工作，過兩三年之後，再一起出國。

B：太棒了，那我們從小學到研究所，都是同學耶！

英文

A : You're graduating from university next year. Are you going to graduate school or are you going to work first?

B : I might work for a few years, then study abroad when I have saved enough money for tuition and living expenses.

A : Maybe we can both find jobs, then study abroad together in two or three years.

B : That would be great! Then we will have been classmates since elementary school!

（※ will have been 為「未來完成式」）

220

<Unit 21>

運 動
Sports

一、短句聽力訓練

 單字打通關 Track 63

1. **volleyball**	[ˋvɑlɪ͵bɔl]	*n.*	排球
2. **dodge ball**	[ˋdɑdʒ ͵bɔl]	*n.*	躲避球
3. **arena**	[əˋrinə]	*n.*	體育場
4. **pitcher**	[ˋpɪtʃɚ]	*n.*	投手
5. **snorkel**	[ˋsnɔrkl̩]	*v.*	浮潛
6. **fascinating**	[ˋfæsn̩͵etɪŋ]	*adj.*	引人入勝的
7. **scuba diving**	[ˋskubə ˋdaɪvɪŋ]	*n.*	深潛
8. **current(s)**	[ˋkɝənt(s)]	*n.*	海流
9. **Kosuke Kitajima**			北島康介（日本蛙王）
10. **breaststroke**	[ˋbrɛst͵strok]	*n.*	蛙式
11. **gill(s)**	[gɪl(z)]	*n.*	鰓
12. **butterfly stroke**	[ˋbʌtɚ͵flaɪ ˋstrok]	*n.*	蝶式
13. **kendo**	[ˋkɛndo]	*n.*	日本劍道
14. **fencing**	[ˋfɛnsɪŋ]	*n.*	西洋劍
15. **relay race**	[rɪˋle ˋres]	*n.*	接力賽

聽力特訓 🎧 Track *63*

請聽 **CD**，並將聽到的英文句子譯為中文，每個句子會以不同速度唸三遍。

① 中譯 _____

▶▶ 正常速度 ▶ 分解速度 ▶▶▶ 速度訓練

② 中譯 _____

▶▶ 正常速度 ▶ 分解速度 ▶▶▶ 速度訓練

③ 中譯 _____

▶▶ 正常速度 ▶ 分解速度 ▶▶▶ 速度訓練

④ 中譯 _____

▶▶ 正常速度 ▶ 分解速度 ▶▶▶ 速度訓練

⑤ 中譯 _____

▶▶ 正常速度 ▶ 分解速度 ▶▶▶ 速度訓練

⑥ 中譯 _____

▶▶ 正常速度 ▶ 分解速度 ▶▶▶ 速度訓練

⑦ 中譯 _____

▶▶ 正常速度 ▶ 分解速度 ▶▶▶ 速度訓練

⑧ 中譯 _____

▸▸ 正常速度　▸ 分解速度　▸▸▸ 速度訓練

⑨ 中譯 _____

▸▸ 正常速度　▸ 分解速度　▸▸▸ 速度訓練

⑩ 中譯 _____

▸▸ 正常速度　▸ 分解速度　▸▸▸ 速度訓練

224

解答 Answers

中譯

① 我下課常玩排球和躲避球。

② 從我家到體育場，走路只要五分鐘。

③ 他被《時代雜誌》選為今年最棒的投手。

④ 在台東浮潛，很迷人。

⑤ 我不敢深潛，怕海流難以預測。

⑥ 2008年奧運的100公尺和200公尺蛙式都是由日本人北島康介得到金牌。

⑦ 媒體說，如果給菲爾普斯一對鰓，他就是一隻魚了！

⑧ 蝶式太難了，我只會游蛙式。

⑨ 你練日本劍道，我練西洋劍。

⑩ 誰贏了2008年奧運女子200公尺接力？

英文

① I often play volleyball and dodge ball after school.

② It takes only five minutes to walk from my house to the arena.

③ He has been chosen as Time Magazine's pitcher of the year.

④ It's fascinating to snorkel in Taitung.

⑤ I dare not scuba dive — the currents are too unpredictable.

⑥ Kosuke Kitajima was the gold medalist for both the 100 and 200-meter breaststroke at the 2008 Olympics.

⑦ Some in the media have said that Michael Phelps would be a fish if we gave him gills!

⑧ The butterfly stroke is too difficult. I can only swim using the breaststroke.

⑨ You work on Japanese Kendo. I'll work on fencing.

⑩ Who won the women's 200-meter relay race at the 2008 Olympics?

二、長句聽力訓練

單字打通關 🎧 Track 64

1. **jet ski**	[ˋdʒɛt ˋski]	v.	騎水上摩托車
2. **water ski**	[ˋwɔtɚ ˋski]	v.	滑水
3. **opening ceremony**	[ˋopənɪŋ ˋsɛrəmonɪ]	n.	開幕式
4. **gymnastics**	[dʒɪmˋnæstɪks]	n.	體操
5. **gymnast**	[ˋdʒɪmnæst]	n.	體操員
6. **climax**	[ˋklaɪmæks]	n.	最高潮
7. **yoga**	[ˋjogə]	n.	瑜珈
8. **tendon**	[ˋtɛndən]	n.	筋
9. **aerobics**	[ɛˋrobɪks]	n.	有氧運動
10. **cardiopulmonary function**	[ˌkɑrdɪoˋpʌlmənɛrɪ ˋfʌŋkʃən]	n.	心肺功能
11. **marathon**	[ˋmærəˌθɑn]	n.	馬拉松
12. **Gobi Desert**	[ˋgobɪ ˋdɛzɚt]	n.	戈壁大沙漠
13. **Sahara Desert**	[səˋhɛrə ˋdɛzɚt]	n.	撒哈拉沙漠
14. **North Pole**	[ˋnɔrθ ˋpol]	n.	北極

聽力特訓

Track *64*

請聽 **CD**，並將聽到的英文句子譯為中文，每個句子會以不同速度唸三遍。

① 中譯 _____

▸▸ 正常速度 ▸ 分解速度 ▸▸▸ 速度訓練

② 中譯 _____

▸▸ 正常速度 ▸ 分解速度 ▸▸▸ 速度訓練

③ 中譯 _____

▸▸ 正常速度 ▸ 分解速度 ▸▸▸ 速度訓練

④ 中譯 _____

▸▸ 正常速度 ▸ 分解速度 ▸▸▸ 速度訓練

⑤ 中譯 _____

▸▸ 正常速度 ▸ 分解速度 ▸▸▸ 速度訓練

中譯

① 如果你去泰國和印尼旅遊，一定要試試水上摩托車和深潛。

② 昨天我在電視上看到一隻小狗，牠和一隻猴子和他們的主人一起滑水。

③ 在 2008 年夏季奧運開幕式當中，大陸著名的體操王子李寧慢慢飛上天，點燃聖火，那是整個開幕式的最高潮。

④ 瑜珈可以使筋柔軟，有氧運動則可以增強心肺功能，所以我最好兩個都練。

⑤ 他跑馬拉松已經十年，這十年當中，他跑過了戈壁大沙漠、撒哈拉沙漠，甚至連北極也不例外！

英 文

① **You must try jet skiing and scuba diving when you travel in Thailand and Indonesia.**

② **Yesterday I saw a dog water skiing with a monkey and their owner on TV.**

③ **At the opening ceremony of the 2008 Summer Olympics Li Ning, Prince of gymnasts in China, slowly flew up through the sky and lit the Olympic torch for the climax of the whole ceremony.**

④ **Since yoga softens tendons and aerobics increases cardiopulmonary function, I'd better do both.**

⑤ **He has run marathons for 10 years, during which he ran through the Gobi Desert, the Sahara Desert and even the North Pole.**

三、會話聽力訓練

單字打通關 🎧 Track 65

1. **self-defense martial art**	[ˈsɛlfˌdɪˈfɛns ˈmɑrʃəl ˈɑrt]	n.	防身術
			(martial art
			「武術」)
2. **judo**	[ˈdʒudo]	n.	柔道
3. **karate**	[kəˈrɑtɪ]	n.	空手道
4. **taekwondo**	[taɪˈkɔndo]	n.	跆拳道
5. **dojo**	[ˈdodʒo]	n.	道館

聽力特訓 🎧 Track 65

請聽 **CD** 並將聽到的英文寫出來，對話會以不同速度唸三遍。

▶▶ 正常速度　▶ 分解速度　▶▶▶ 速度訓練

A _____

B _____

A _____

B _____

中譯

A：我想練一點兒防身術。

B：我贊成，你要練空手道？柔道？還是跆拳道？

A：哪一個比較輕鬆？既輕鬆又有效！

B：這我就不知道了，它們各有特色。學校附近有一家空手道館；我們何不去那裡學，這樣就可以下課後練習。

英　文

A : I wish to learn some self-defense martial arts.

B : That's a good idea. Do you wish to learn karate, judo, or taekwondo?

A : Which is easier? Easier and effective!

B : That I don't know. They each have their merits. Since the karate dojo is near our school, why not take our lessons there so that we can practice after school?

<Unit 22>
音 樂
Music

一、短句聽力訓練

1. **chorus**	[ˋkorəs]	*n.*	合唱團
2. **lyrics**	[ˋlɪrɪks]	*n.*	歌詞
3. **rehearse**	[rɪˋhɝs]	*v.*	排練
4. **staff**	[stæf]	*n.*	五線譜（有五線譜的樂譜爲：sheet music）
5. **saxophone**	[ˋsæksə͵fon]	*n.*	薩克斯風
6. **mysterious**	[mɪsˋtɪrɪəs]	*adj.*	神秘的
7. **harmonica**	[harˋmɑnɪkə]	*n.*	口琴
8. **Slovak**	[ˋslovæk]	*n.*	斯洛伐克人
9. **accordion**	[əˋkɔrdɪən]	*n.*	手風琴
10. **light music**		*n.*	輕音樂
11. **percussion**	[pɚˋkʌʃən]	*n.*	打擊樂
12. **geisha**	[ˋgeʃə]	*n.*	藝妓
13. **the art of tea**		*n.*	茶道

請聽 CD，並將聽到的英文句子譯為中文，每個句子會以不同速度唸三遍。

① 中譯 _____

▶▶ 正常速度　▶ 分解速度　▶▶▶ 速度訓練

② 中譯 _____

▶▶ 正常速度　▶ 分解速度　▶▶▶ 速度訓練

③ 中譯 _____

▶▶ 正常速度　▶ 分解速度　▶▶▶ 速度訓練

④ 中譯 _____

▶▶ 正常速度　▶ 分解速度　▶▶▶ 速度訓練

⑤ 中譯 _____

▶▶ 正常速度　▶ 分解速度　▶▶▶ 速度訓練

⑥ 中譯 _____

▶▶ 正常速度　▶ 分解速度　▶▶▶ 速度訓練

⑦ 中譯 _____

▶▶ 正常速度　▶ 分解速度　▶▶▶ 速度訓練

⑧ 中譯 _____

▶▶ 正常速度　▶ 分解速度　▶▶▶ 速度訓練

⑨ 中譯 _____

▶▶ 正常速度　▶ 分解速度　▶▶▶ 速度訓練

⑩ 中譯 _____

▶▶ 正常速度　▶ 分解速度　▶▶▶ 速度訓練

解答 Answers

中譯

① 你要不要和我一起去參加學校的合唱團？

② 我老是記不得這首歌的歌詞。

③ 我們大概要再排練兩三次，才能登台。

④ 他雖然看不懂五線譜，卻很會唱歌。

⑤ 我覺得薩克斯風的聲音有一種神祕而傷感的美。

⑥ 口琴很容易學，一天就可以學會。

⑦ 斯洛伐克人喜歡一邊拉手風琴，一邊一大堆人跳舞。

⑧ 你太緊張了，聽一點輕音樂吧！

⑨ 我兒子喜歡打擊樂，我剛好相反，最怕吵！

⑩ 日本藝妓都很懂得音樂，還會跳舞和茶道。

英 文

① Do you wish to join the school chorus with me?

② I always forget the lyrics to this song.

③ We will have to rehearse two or three times before we are able to perform on stage.

④ He is a good singer even though he doesn't read sheet music.

⑤ The sound of the saxophone has a mysterious and sad feeling to me.

⑥ It's easy to play the harmonica. You can learn it in a day.

⑦ Slovaks like to play accordion and dance with lots of people.

⑧ You are too tense. Listen to some light music.

⑨ My son likes percussion. I'm just the opposite. I don't like noise.

⑩ Japanese geishas are good at music, dance, and the art of the tea ceremony.

二、長句聽力訓練

單字打通關 Track 67

1. **hip-hop**	[ˋhɪpɑp]	*n.* 嘻哈音樂；街舞
2. **breakdance**	[ˋbrek͵dæns]	*v.* 跳街舞
3. **rap**	[ræp]	*n.* 饒舌音樂 *v.* 饒舌
4. **blues**	[bluz]	*n.* 藍調（字尾的 s 不可少）
5. **Peking opera**	[ˋpiˋkɪŋ ˋɑpərə]	*n.* 平劇
6. **Taiwanese opera**	[͵taɪwɑˋniz ˋɑpərə]	*n.* 歌仔戲
7. **classical music**	[ˋklæsɪkḷ ˋmjuzɪk]	*n.* 古典音樂
8. **opera**	[ˋɑpərə]	*n.* 歌劇
9. **spin**	[spɪn]	*v.* 原地旋轉（動詞三態為：spin、spun、spun）
10. **spinning top**	[ˋspɪnɪŋ ˋtɑp]	*n.* 陀螺
11. **gong**	[gɔŋ]	*n.* 鑼
12. **tambourine**	[͵tæmbəˋrin]	*n.* 鈴鼓
13. **meditate**	[ˋmɛdə͵tet]	*v.* 打坐；冥想（名詞為 meditation）
14. **take a deep breath**		*v.* 深呼吸

請聽 CD，並將聽到的英文句子譯為中文，每個句子會以不同速度唸三遍。

① 中譯 _____
▶▶ 正常速度　▶ 分解速度　▶▶▶ 速度訓練

② 中譯 _____
▶▶ 正常速度　▶ 分解速度　▶▶▶ 速度訓練

③ 中譯 _____
▶▶ 正常速度　▶ 分解速度　▶▶▶ 速度訓練

④ 中譯 _____
▶▶ 正常速度　▶ 分解速度　▶▶▶ 速度訓練

⑤ 中譯 _____
▶▶ 正常速度　▶ 分解速度　▶▶▶ 速度訓練

解答 Answers

中譯

① 現在的年輕人都喜歡嘻哈音樂和饒舌歌，沒幾個喜歡聽爵士樂和藍調。

② 我們一家都喜歡音樂。我爸喜歡平劇，我媽喜歡歌仔戲，我姐姐喜歡古典音樂，我喜歡聽歌劇。

③ 那些會跳街舞的人真的很厲害！我搞不懂他們怎麼可以躺在地上，用背做軸心，像個陀螺一樣旋轉。

④ 打擊樂器吵死人了，尤其是鼓和鑼，還有鈴鼓！

⑤ 我心情緊張時，就會聽古典音樂和輕音樂，搭配打坐和深呼吸。

英 文

① Most young people today like hip-hop and rap, while only a few like jazz and the blues.

② My whole family loves music. My father likes Peking opera, my mom likes Taiwanese opera, my sister likes classical music, and I like Western opera.

③ It takes a lot of skill to breakdance. I can't figure out how they can lie on the floor and spin on their back like a top.

④ Percussion instruments are so noisy, especially the drums, gongs, and tambourines.

⑤ I usually listen to classical music and light music accompanied with meditation and deep breathing when I'm tense.

三、會話聽力訓練

 單字打通關 Track 68

1. **trumpet**	[ˋtrʌmpɪt]	*n.*	小喇叭
2. **hoarse**	[hɔrs]	*adj.*	沙啞的
3. **vigour**	[ˋvɪgɚ]	*n.*	活力

聽力特訓 Track 68

請聽 **CD** 並將聽到的英文寫出來，對話會以不同速度唸三遍。

▸▸ 正常速度　▸ 分解速度　▸▸▸ 速度訓練

Ⓐ _____

Ⓑ _____

Ⓐ _____

Ⓑ _____

解答 Answers

中譯

A：這個小喇叭好美喔！是誰吹的？

B：路易斯‧阿姆斯壯，他不但小喇叭吹得美，他沙啞又低沉的聲音也有一種特殊的吸引力。

A：對啊！他的那一首「世界真美好」提醒我們，即使在平凡的日子當中也可處處發現人性之美！

B：對啊！嘻哈音樂也不錯，展現了年輕人的朝氣和活力！

英 文

A : This trumpet is beautiful. Who is playing it?

B : Louis Armstrong. He is not only a great trumpet player. His low, hoarse voice has a very unique attraction.

A : Right, his "What a Wonderful World" reminds us that the beauty of human nature can be found even in the most ordinary lives.

B : Exactly! Hip-hop isn't bad either. It displays the energy and vigor of the young.

<**Unit 23**>

占星、生肖、星座

Astrology &
Signs of the
Zodiac

一、短句聽力訓練

 單字打通關 **Track** *69*

1. **Capricorn**	[ˋkæprɪˌkɔrn]	*n.*	摩羯座
2. **sophisticated**	[səˋfɪstɪˌketɪd]	*adj.*	心思細密的
3. **workaholic**	[ˌwɝkəˋhɑlɪk]	*n.*	工作狂
4. **Pisces**	[ˋpaɪsiz]	*n.*	雙魚座
5. **characteristic**	[ˌkærɪktəˋrɪstɪk]	*n.*	特性
6. **Taurus**	[ˋtɔrəs]	*n.*	金牛座
7. **Leo**	[lio]	*n.*	獅子座
8. **faithful**	[ˋfeθfəl]	*adj.*	重承諾的
9. **Sagittarius**	[ˌsædʒɪˋtɛrɪəs]	*n.*	射手座
10. **Aquarius**	[əˋkwɛrɪəs]	*n.*	水瓶座
11. **stubborn**	[ˋstʌbən]	*adj.*	固執的
12. **righteous**	[ˋraɪtʃəs]	*adj.*	正直的
13. **generous**	[ˋdʒɛnərəs]	*adj.*	慷慨的
14. **gullible**	[ˋgʌləbl̩]	*adj.*	易受騙的

請聽 CD，並將聽到的英文句子譯為中文，每個句子會以不同速度唸三遍。

① 中譯 _____

▶▶ 正常速度　▶ 分解速度　▶▶▶ 速度訓練

② 中譯 _____

▶▶ 正常速度　▶ 分解速度　▶▶▶ 速度訓練

③ 中譯 _____

▶▶ 正常速度　▶ 分解速度　▶▶▶ 速度訓練

④ 中譯 _____

▶▶ 正常速度　▶ 分解速度　▶▶▶ 速度訓練

⑤ 中譯 _____

▶▶ 正常速度　▶ 分解速度　▶▶▶ 速度訓練

⑥ 中譯 _____

▶▶ 正常速度　▶ 分解速度　▶▶▶ 速度訓練

⑦ 中譯 _____

▶▶ 正常速度　▶ 分解速度　▶▶▶ 速度訓練

⑧ 中譯

▸▸ 正常速度　▸ 分解速度　▸▸▸ 速度訓練

⑨ 中譯

▸▸ 正常速度　▸ 分解速度　▸▸▸ 速度訓練

⑩ 中譯

▸▸ 正常速度　▸ 分解速度　▸▸▸ 速度訓練

解答 Answers

中譯

① 聽說摩羯座的人心思細密，而且是工作狂。

② 雙魚座的特性是什麼？

③ 金牛座的人對賺錢很敏銳，但是太保守，不是行動派的。

④ 天秤座的人不是帥哥就是美女，而且十分優雅。

⑤ 獅子座的人光明磊落，又很專情。

⑥ 射手座的人崇尚自由，但是容易受騙。

⑦ 水瓶座的人喜歡交朋友，而且把朋友看得比家人還重要。

⑧ 屬馬的人比較容易煩惱，而且都把家人照顧得很好。

⑨ 屬虎的人都比較固執，但是正直而大方！

⑩ 屬猴的人聰明活潑，但比較坐不住。

英 文

① I've heard that Capricorns are sophisticated thinkers and workaholics.

② What are the characteristics of Pisces?

③ Taurus is sensitive about making money, but they are too conservative to be activists.

④ Libras are either handsome guys or pretty girls, and they're all elegant.

⑤ Leos are frank and loyal to love.

⑥ Sagittarius worships freedom, but is gullible.

⑦ Aquarius likes to make friends, and their friends seem more important than family.

⑧ Those who are born in the year of the Horse are often worriers who take good care of their family.

⑨ Those who are born in the year of the Tiger are usually stubborn, but righteous and generous.

⑩ Those who are born in the year of the Monkey are smart and active. They cannot sit still for long.

二、長句聽力訓練

單字打通關 🎧 Track 70

1. **astrology**	[əˋstralədʒɪ]	*n.*	占星術
2. **Aries**	[ˋɛriz]	*n.*	牡羊座
3. **impulsive**	[ɪmˋpʌlsɪv]	*adj.*	衝動的
4. **passionate**	[ˋpæʃənɪt]	*adj.*	熱情的
5. **Virgo**	[ˋvɝgo]	*n.*	處女座
6. **analytical**	[͵ænlˋɪtɪkḷ]	*adj.*	善於分析的
7. **critical**	[ˋkrɪtɪkḷ]	*adj.*	挑剔的
8. **Cancer**	[ˋkænsɚ]	*n.*	巨蟹座
9. **intuitive**	[ɪnˋtjuɪtɪv]	*adj.*	直覺很準的
10. **clinging**	[ˋklɪŋɪŋ]	*adj.*	黏人的
11. **Libra**	[ˋlɪbrə]	*n.*	天秤座
12. **artistic**	[arˋtɪstɪk]	*adj.*	有藝術氣質的
13. **extravagant**	[ɪkˋstrævəgənt]	*adj.*	奢侈的；好享受的
14. **Scorpio**	[ˋskɔrpɪo]	*n.*	天蠍座
15. **possessive**	[pəˋzɛsɪv]	*adj.*	佔有慾強的
16. **extremist**	[ɪkˋstrimɪst]	*n.*	極端分子
17. **determined**	[dɪˋtɝmɪnd]	*adj.*	意志堅定的
18. **Gemini**	[ˋdʒɛmə͵naɪ]	*n.*	雙子座
19. **versatile**	[ˋvɝsətḷ]	*adj.*	多才多藝的
20. **conversational**	[͵kɑnvɚˋseʃənḷ]	*adj.*	健談的

| 23. **inconsistent** | [ˌɪnkənˈsɪstənt] | *adj.* | 反覆無常的 |
| 24. **moody** | [ˈmudɪ] | *adj.* | 喜怒無常的 |

 聽力特訓 Track 70

請聽 CD，並將聽到的英文句子譯為中文，每個句子會以不同速度唸三遍。

① 中譯 _____

▶▶ 正常速度　▶ 分解速度　▶▶▶ 速度訓練

② 中譯 _____

▶▶ 正常速度　▶ 分解速度　▶▶▶ 速度訓練

③ 中譯 _____

▶▶ 正常速度　▶ 分解速度　▶▶▶ 速度訓練

④ 中譯 _____

▶▶ 正常速度　▶ 分解速度　▶▶▶ 速度訓練

⑤ 中譯 _____

▶▶ 正常速度　▶ 分解速度　▶▶▶ 速度訓練

中譯

① 根據星象學，牡羊座的人十分熱情但是容易衝動；獅子座的人則十分慷慨，但是容易受騙。

② 根據星象學，處女座的人善於分析，但是比較挑剔；巨蟹座的人直覺很準，但是很黏人。

③ 根據星象學，天秤座的人優雅且具藝術天份，但缺點是喜歡過奢侈的生活。

④ 根據星象學，天蠍座的人佔有慾強，而且是極端份子，但是他們的意志通常都很堅定。

⑤ 根據星象學，雙子座的人多才多藝，而且很健談，但是他們做事反覆無常，情緒起伏也較大。

英 文

① **According to astrology, Aries are passionate but impulsive. Leos are generous but gullible.**

② **According to astrology, Virgos are analytical but critical. Cancers are intuitive but clinging.**

③ **According to astrology, Libras are elegant and artistic, but they can also be extravagant.**

④ **According to astrology, Scorpios are possessive and extreme, but they are also usually quite determined.**

⑤ **According to astrology, Geminis are versatile and conversational, but also inconsistent and moody.**

三、會話聽力訓練

 單字打通關 Track 71

1. **negativity**	[ˌnɛgəˋtɪvətɪ]	*n.*	負面特質;缺點
2. **dreamy**	[ˋdrimɪ]	*adj.*	好幻想的
3. **unrealistic**	[ˌʌnrɪəˋlɪstɪk]	*adj.*	不切實際的
4. **passive**	[ˋpæsɪv]	*adj.*	被動的

 Track 71

請聽 CD 並將聽到的英文寫出來，對話會以不同速度唸三遍。

▶▶ 正常速度 ▶ 分解速度 ▶▶▶ 速度訓練

A _____

B _____

A _____

B _____

A _____

B _____

解答 Answers

中譯

A：你是什麼星座？等一下，我猜猜看，你是不是天秤座？

B：我正是天秤座！你好準哦！你怎麼看得出來呢？

A：因為天秤座的人通常臉部和身體的線條都很柔美，而且你又那麼優雅。花起錢來也只注重品質！

B：原來如此，那你呢？你是什麼星座？

A：我覺得我負面的特質蠻多的。我喜歡幻想、不切實際，而且做事又被動！

B：啊！我知道了，你一定是雙魚座！雙魚座的人沒那麼差吧，還蠻浪漫的啊！

英　文

A : What's your sign? Wait! Let me guess. Are you a Libra?

B : I AM! You are good! How could you tell?

A : Because Libras usually have beautiful facial and body shapes, and you are very graceful. In addition, you tend to look more at quality than price!

B : I see. What about you? What's your sign?

A : I seem to have quite a few negativities. I am dreamy, unrealistic and passive!

B : Ah, I know. You must be a Pisces! But Pisces aren't that bad at all! They are quite romantic!

<Unit 24>
氣 候
Climate

一、短句聽力訓練

1. **extinct volcano**	[ɪk`stɪŋkt vɑl`keno]	*n.*	死火山（活火山則是 active volcano）
2. **dormant volcano**	[`dɔrmənt vɑl`keno]	*n.*	休火山
3. **Richter scale**	[`rɪktɚ `skel]	*n.*	芮氏地震儀
4. **tsunami**	[tsu`nami]	*n.*	海嘯
5. **aftershock(s)**	[`æftɚ ʃɑk(s)]	*n.*	餘震
6. **ozone layer**	[`ozon ˌleɚ]	*n.*	臭氧層
7. **global warming**	[`globḷ `wɔrmɪŋ]	*n.*	全球暖化
8. **landslide**	[`lænd ˌslaɪd]	*n.*	山崩
9. **mudslide**	[`mʌd ˌslaɪd]	*n.*	土石流
10. **epicenter**	[`ɛpɪ ˌsɛntɚ]	*n.*	震央
11. **breeze**	[briz]	*n.*	微風
12. **shower**	[`ʃauɚ]	*n.*	陣雨
13. **petal**	[`pɛtḷ]	*n.*	花瓣
14. **foggy**	[`fɑgɪ]	*adj.*	多霧的
15. **humid**	[`hjumɪd]	*adj.*	溫熱的；潮溼的

請聽 **CD**，並將聽到的英文句子譯為中文，每個句子會以不同速度唸三遍。

① 中譯 _____

▶▶ 正常速度　▶ 分解速度　▶▶▶ 速度訓練

② 中譯 _____

▶▶ 正常速度　▶ 分解速度　▶▶▶ 速度訓練

③ 中譯 _____

▶▶ 正常速度　▶ 分解速度　▶▶▶ 速度訓練

④ 中譯 _____

▶▶ 正常速度　▶ 分解速度　▶▶▶ 速度訓練

⑤ 中譯 _____

▶▶ 正常速度　▶ 分解速度　▶▶▶ 速度訓練

⑥ 中譯 _____

▶▶ 正常速度　▶ 分解速度　▶▶▶ 速度訓練

⑦ 中譯 _____

▶▶ 正常速度　▶ 分解速度　▶▶▶ 速度訓練

⑧ 中譯 _____

▶▶ 正常速度　▶ 分解速度　▶▶▶ 速度訓練

⑨ 中譯 _____

▶▶ 正常速度　▶ 分解速度　▶▶▶ 速度訓練

⑩ 中譯 _____

▶▶ 正常速度　▶ 分解速度　▶▶▶ 速度訓練

中譯

① 這個火山在1952年爆發過一次。

② 這是死火山還是休火山？

③ 昨天的地震是芮氏規模5.1度。

④ 南亞海嘯奪走了幾十萬條人命。

⑤ 這只是餘震，是自然現象，不嚴重的。

⑥ 我們的臭氧層已經破了一個洞，是全球暖化所造成的。

⑦ 颱風來的時候，台灣中部的山區常發生山崩和土石流。

⑧ 震央在150公里以外。

⑨ 我喜歡春天的微風、夏天的陣雨、秋天的花瓣、冬天的太陽。

⑩ 根據氣象報告，明天是多霧又溫熱的一天。

英文

① **This volcano erupted once in 1952.**

② **Is this volcano extinct or just dormant?**

③ **The earthquake yesterday measured 5.1 on the Richter scale.**

④ **The tsunami in Southeast Asia killed hundreds of thousands of people.**

⑤ **This is just an aftershock, which is natural and minor.**

⑥ **There's already a hole in our ozone layer which was caused by global warming.**

⑦ **During typhoons there are often landslides and mudslides in the mountainous areas of central Taiwan.**

⑧ **The epicenter is 150 kilometers away.**

⑨ **I love spring breezes, summer showers, autumn petals and winter sun.**

⑩ **According to the weather forecast, tomorrow will be foggy and humid.**

二、長句聽力訓練

1. **India**	[ˋɪndɪə]	*n.*	印度
2. **heat wave**	[ˋhit ˋwev]	*n.*	熱浪
3. **torrential rain**	[təˋrɛnʃəl ˋren]	*n.*	豪雨
4. **moderate**	[ˋmɑdərɪt]	*adj.*	適中的
5. **balmy**	[ˋbɑmɪ]	*adj.*	氣候宜人的
6. **equator**	[ɪˋkwetə]	*n.*	赤道
7. **tropical climate**	[ˋtrɑpɪk] ˋklaɪmɪt]	*n.*	熱帶氣候
8. **oceanic climate**	[ˏoʃɪˋænɪk ˋklaɪmɪt]	*n.*	海洋氣候
9. **alpine climate**	[ˋælpaɪn ˋklaɪmɪt]	*n.*	高山氣候

請聽 **CD**，並將聽到的英文句子譯為中文，每個句子會以不同速度唸三遍。

① 中譯 _____

▸▸ 正常速度　▸ 分解速度　▸▸▸ 速度訓練

② 中譯 _____

▸▸ 正常速度　▸ 分解速度　▸▸▸ 速度訓練

③ 中譯 _____

▸▸ 正常速度　▸ 分解速度　▸▸▸ 速度訓練

④ 中譯 _____

▸▸ 正常速度　▸ 分解速度　▸▸▸ 速度訓練

⑤ 中譯 _____

▸▸ 正常速度　▸ 分解速度　▸▸▸ 速度訓練

中譯

① 曾經有一年的夏天，印度有三個月的熱浪，死了兩萬人左右。

② 聽氣象預測說，今明兩天可能會有豪雨，也要小心土石流。

③ 今天陽光普照，溫度適中，濕度不高。

④ 非洲因為接近赤道，天氣炎熱，所以屬熱帶氣候。

⑤ 你喜歡大陸型氣候？海洋型氣候？還是高山氣候？

英 文

① Twenty thousand or so people died during a heat wave in India which lasted three months in the summer.

② From what I've heard on the weather forecast, there might be torrential rains today and tomorrow. There may also be mudslides as well.

③ It's sunny today and the temperature is moderate with low humidity.

④ Africa has a tropical climate because it's close to the equator, making the weather quite hot.

⑤ Do you prefer a continental, oceanic or alpine climate?

三、會話聽力訓練

 單字打通關 Track 74

1. ice cap	[`aɪs `kæp]	*n.*	萬年冰蓋（例如南北極的冰層）
2. polar bear	[`polə `bɛr]	*n.*	北極熊
3. drowned	[draʊnd]	*adj.*	淹死了（此為 drown 的 p.t. 和 p.p.）
4. carbon dioxide	[`karbən ˌdaɪ`aksaɪd]	*n.*	二氧化碳
5. greenhouse effect	[`grinˌhaʊs ɪ`fɛkt]	*n.*	溫室效應
6. atmosphere	[`ætməsˌfɪr]	*n.*	大氣層
7. carbon emission	[`karbən ɪ`mɪʃən]	*n.*	碳的排放量
8. the United Nations			聯合國（簡稱 UN）
9. carbon credit	[`karbən `krɛdɪt]	*n.*	碳的排放權

請聽 **CD** 並將聽到的英文寫出來,對話會以不同速度唸三遍。

▶▶ 正常速度　▶ 分解速度　▶▶▶ 速度訓練

Ⓐ _____

Ⓑ _____

Ⓐ _____

Ⓑ _____

Ⓐ _____

中譯

A：你知道北極的冰已經融化一大半了嗎？許多北極熊因為游不到下一個冰塊休息，都淹死了！

B：是啊，這真的很慘。這都是因為我們人類製造了大量二氧化碳，造成地球的溫室效應，所以地球的溫度愈來愈高。

A：你是說，大氣層像溫室的玻璃，讓二氧化碳無法排放出去，所以這個溫室就愈來愈熱？

B：對！所以現在許多國家都嚴加控制碳的排放量，甚至得繳錢給聯合國來買碳的排放量。

A：我懂了，這就是「碳排放權」！

英 文

A : Did you know that half of the polar ice caps have melted? Many polar bears drown before they can reach the next ice cap.

B : Yes, that's so sad. It's the result of carbon dioxide which is produced massively by mankind. This carbon dioxide causes the greenhouse effect which boosts global temperatures.

A : You mean the atmosphere works as a glass which blocks the carbon dioxide from escaping and thus causes the increase in temperature?

B : Right. That's the reason that many countries are now putting restrictions on carbon emissions. They even have to buy certain allowances of carbon emissions from the United Nations.

A : I understand. This is the so-called carbon credit.

＜Unit 25＞
各國料理
Local
& Foreign
Foods

一、短句聽力訓練

1. **full Mauchu-Han banquet**	[ˋfʊl mænˋtʃuˏhan ˋbæŋkwɪt]	n.	滿漢全席
2. **kimchi**	[ˋkɪmtʃi]	n.	韓國泡菜
3. **stone hotpot**	[ˋston ˋhatˏpat]	n.	石頭火鍋
4. **foie gras**	[fwaˋgra]	n.	鵝肝醬（注意發音）
5. **escargot**	[ˏɛskarˋgo]	n.	法式田螺
6. **cholesterol**	[kəˋlɛstəˏrol]	n.	膽固醇
7. **tortilla**	[tɔrˋtija]	n.	墨西哥玉米餅皮
8. **fajita(s)**	[fəˋhitə(z)]	n.	法士達（墨西哥菜，注意發音）
9. **parasite**	[ˋpærəˏsaɪt]	n.	寄生蟲
10. **watermelon seed**	[ˋwɔtɚˏmɛlən ˋsid]	n.	瓜子
11. **sponge cake**	[ˋspʌndʒ ˋkek]	n.	海綿蛋糕
12. **ice cream cone**	[ˋaɪsˏkrim ˋkon]	n.	冰淇淋甜筒
13. **tiramisu**	[ˏtɪrəmiˋsu]	n.	提拉米蘇
14. **egg tart**	[ˋɛg ˋtart]	n.	蛋塔
15. **Slurpee**	[ˋslɝpɪ]	n.	思樂冰
16. **lollipop**	[ˋlalɪˏpap]	n.	棒棒糖
17. **bubble gum**	[ˋbʌbḷ ˋgʌm]	n.	泡泡糖

聽力特訓 🎧 Track 75

請聽 **CD**，並將聽到的英文句子譯為中文，每個句子會以不同速度唸三遍。

① 中譯 _____

▸▸ 正常速度　▸ 分解速度　▸▸▸ 速度訓練

② 中譯 _____

▸▸ 正常速度　▸ 分解速度　▸▸▸ 速度訓練

③ 中譯 _____

▸▸ 正常速度　▸ 分解速度　▸▸▸ 速度訓練

④ 中譯 _____

▸▸ 正常速度　▸ 分解速度　▸▸▸ 速度訓練

⑤ 中譯 _____

▸▸ 正常速度　▸ 分解速度　▸▸▸ 速度訓練

⑥ 中譯 _____

▸▸ 正常速度　▸ 分解速度　▸▸▸ 速度訓練

⑦ 中譯 _____

▸▸ 正常速度　▸ 分解速度　▸▸▸ 速度訓練

⑧ 中譯 _____

▶▶ 正常速度　▶ 分解速度　▶▶▶ 速度訓練

⑨ 中譯 _____

▶▶ 正常速度　▶ 分解速度　▶▶▶ 速度訓練

⑩ 中譯 _____

▶▶ 正常速度　▶ 分解速度　▶▶▶ 速度訓練

解答 Answers ....

中譯

① 聽說以前慈禧太后吃滿漢全席！
② 泡菜和石頭火鍋都是有名的韓國料理。
③ 法國菜常見的鵝肝醬和田螺都含高膽固醇。
④ 用玉米餅皮包青椒、洋蔥、肉，就是法士達了！
⑤ 不要常吃生魚片，怕有寄生蟲。
⑥ 你要不要啃瓜子？還是要吃海綿蛋糕？
⑦ 我要買一個巧克力冰淇淋甜筒。
⑧ 你要提拉米蘇還是蛋塔？
⑨ 我要一杯思樂冰，上面加一顆櫻桃。
⑩ 我小時候喜歡吃棒棒糖和泡泡糖。

英 文

① I've heard that Empress Ci Xi ate a full Manchu-Han banquet!
② Kimchi and stone hotpot are both famous Korean dishes.
③ Foie gras and escargot, which are famous and popular ingredients in French cuisine, are high in cholesterol.
④ Wrap green peppers, onions and meat in a tortilla, and your fajita is ready!
⑤ Don't eat too much sashimi. It may have parasites.
⑥ Would you like to have some watermelon seeds or sponge cake?
⑦ I'll buy a chocolate ice cream cone.
⑧ Do you want a tiramisu or an egg tart?
⑨ I'd like to have a Slurpee with a cherry on top.
⑩ I used to like lollipops and bubble gum when I was a child.

二、長句聽力訓練

 單字打通關 Track 76

1. **Japanese cuisine**	[ˌdʒæpəˈniz kwɪˈzin]	n.	日本料理
2. **sushi**	[ˈsuʃɪ]	n.	壽司
3. **tempura**	[ˈtɛmpʊrə]	n.	甜不辣
4. **pastry**	[ˈpestrɪ]	n.	麵食
5. **noodles**	[ˈnudl̩z]	n.	麵條
6. **wonton**	[ˈwʌntn̩]	n.	餛飩
7. **dumpling**	[ˈdʌmplɪŋ]	n.	水餃
8. **pot sticker**	[ˈpɑt ˈstɪkɚ]	n.	鍋貼
9. **spring roll**	[ˈsprɪŋ ˈrol]	n.	春捲
10. **lasagna**	[ləˈzɑnjə]	n.	義大利千層麵（注意發音）
11. **penne**	[ˈpɛne]	n.	義大利管麵
12. **rotini**	[roˈtɪni]	n.	義大利螺旋麵
13. **ravioli**	[ˌrævɪˈolɪ]	n.	義大利小方餃
14. **cabbage with dried shrimp**	[ˈkæbɪdʒ ˈwɪð ˈdraɪd ʃrɪmp]	n.	開陽白菜
15. **drunken chicken**	[ˈdrʌŋkən ˈtʃɪkɪn]	n.	醉雞
16. **sautéed string beans**	[soˈted ˈstrɪŋ ˌbinz]	n.	乾煸四季豆

請聽 **CD**，並將聽到的英文句子譯為中文，每個句子會以不同速度唸三遍。

① 中譯 _____

▶▶ 正常速度　▶ 分解速度　▶▶▶ 速度訓練

② 中譯 _____

▶▶ 正常速度　▶ 分解速度　▶▶▶ 速度訓練

③ 中譯 _____

▶▶ 正常速度　▶ 分解速度　▶▶▶ 速度訓練

④ 中譯 _____

▶▶ 正常速度　▶ 分解速度　▶▶▶ 速度訓練

⑤ 中譯 _____

▶▶ 正常速度　▶ 分解速度　▶▶▶ 速度訓練

中譯

① 我喜歡日本料理，尤其是壽司和甜不辣，但是我不敢吃生魚片。

② 我喜歡中國麵食，包括麵條、餛飩、水餃、鍋貼和春捲。

③ 我喜歡義大利料理，包括披薩、千層麵、管麵、螺旋麵和小方餃。

④ 我喜歡中國菜，尤其是開陽白菜、紅燒獅子頭、醉雞、宮保雞丁、乾煸四季豆。

⑤ 我喜歡墨西哥菜，尤其是莎莎醬，又香又酸又辣，玉米片和塔可捲搭配莎莎醬，真好吃！

英文

① I like Japanese cuisine, especially sushi and tempuras. But I dare not eat sashimi.

② I like to eat Chinese pastries, including noodles, wontons, dumplings, pot stickers and spring rolls.

③ I like to eat Italian food, including pizza, lasagna, penne, rotini and ravioli.

④ I like to eat Chinese food, especially cabbage with dried shrimp, stewed pork balls, drunken chicken, Gong Bao fried chicken and sautéed string beans.

⑤ I like to eat Mexican food, especially salsa which is fragrant, sour and spicy! Nachos and tacos taste great with it!

三、會話聽力訓練

單字打通關　Track 77

1. **scallion**	[ˋskæljən]	*n.*	蔥
2. **ginger**	[ˋdʒɪndʒɚ]	*n.*	薑
3. **garlic**	[ˋgɑrlɪk]	*n.*	大蒜
4. **greasy**	[ˋgrisɪ]	*adj.*	油膩的
5. **soybean sauce**	[ˋsɔɪ͵bin ˋsɔs]	*n.*	醬油

聽力特訓　Track 77

請聽 CD 並將聽到的英文寫出來，對話會以不同速度唸三遍。

 正常速度　▶ 分解速度　▶▶▶ 速度訓練

Ⓐ _____

Ⓑ _____

Ⓐ _____

Ⓑ _____

Ⓐ _____

中譯

A：我覺得中國菜特別好吃，蔥、薑、蒜的味道好香，不過很多中國菜都太油了。

B：對！日本菜就比較清淡，像壽司、生魚片都不用炒，不過他們的醬油有點鹹。

A：可是炸甜不辣還蠻油的。我也喜歡義大利料理。

B：對，他們的麵食很棒！可是他們用太多起士了，膽固醇很高。

A：我如果可以同時享受美食和保持健康，那有多好！

英　文

A : To me Chinese food is especially delicious. The scallion, ginger and garlic smell fantastic. But a lot of Chinese food is greasy.

B : Yes. Japanese food is comparatively light. Sushi and sashimi don't need to be fried, but their soybean sauce is kind of salty.

A : But fried tempura is quite greasy too. I also like Italian food.

B : Of course. Their pastries are great! But they use too much cheese, which is high in cholesterol.

A : Imagine if I could enjoy great food and maintain good health at the same time!

<Unit 26>

健 康

Health

一、短句聽力訓練

 單字打通關 Track 78

1. **jet lag**	[ˈdʒɛt ˈlæg]	n.	時差
2. **jet-lagged**	[ˈdʒɛtˌlægd]	adj.	有時差的
3. **dizzy**	[ˈdɪzɪ]	adj.	頭暈的
4. **concussion**	[kənˈkʌʃən]	n.	腦震盪
5. **conjunctivitis**	[kənˌdʒʌŋktəˈvaɪtɪs]	n.	結膜炎
6. **osteoporosis**	[ˌɑstɪopəˈrosɪs]	n.	骨質疏鬆
7. **rickets**	[ˈrɪkɪts]	n.	軟骨症（字尾的 s 不可省略）
8. **allergic**	[əˈlɜdʒɪk]	adj.	過敏的（名詞為 allergy）
9. **eczema**	[ˈɛksəmə]	n.	濕疹
10. **asthma**	[ˈæzmə]	n.	氣喘
11. **coma**	[ˈkomə]	n.	昏迷不醒
12. **astigmatism**	[əˈstɪgməˌtɪzəm]	n.	散光
13. **pedophile**	[ˈpidəˌfaɪl]	n.	戀童癖者
14. **life imprisonment**	[ˈlaɪf ɪmˈprɪzṇmənt]	n.	終身監禁
15. **obsession**	[əbˈsɛʃən]	n.	強迫思想；著迷
16. **compulsion**	[kəmˈpʌlʃən]	n.	強迫行為
17. **spinal disorder**	[ˈspaɪnḷ dɪsˈɔrdə]	n.	脊椎側彎

請聽 CD，並將聽到的英文句子譯為中文，每個句子會以不同速度唸三遍。

① 中譯 _____

▶▶ 正常速度　▶ 分解速度　▶▶▶ 速度訓練

② 中譯 _____

▶▶ 正常速度　▶ 分解速度　▶▶▶ 速度訓練

③ 中譯 _____

▶▶ 正常速度　▶ 分解速度　▶▶▶ 速度訓練

④ 中譯 _____

▶▶ 正常速度　▶ 分解速度　▶▶▶ 速度訓練

⑤ 中譯 _____

▶▶ 正常速度　▶ 分解速度　▶▶▶ 速度訓練

⑥ 中譯 _____

▶▶ 正常速度　▶ 分解速度　▶▶▶ 速度訓練

⑦ 中譯 _____

▶▶ 正常速度　▶ 分解速度　▶▶▶ 速度訓練

⑧ 中譯 _____

▶▶ 正常速度　▶ 分解速度　▶▶▶ 速度訓練

⑨ 中譯 _____

▶▶ 正常速度　▶ 分解速度　▶▶▶ 速度訓練

⑩ 中譯 _____

▶▶ 正常速度　▶ 分解速度　▶▶▶ 速度訓練

解答 Answers

中譯

① 我剛從歐洲回來，現在還有時差。

② 我頭暈，又想吐，我會不會有腦震盪？

③ 去游泳池游泳的時候，不要摸眼睛，以免得結膜炎。

④ 許多過敏的孩子會長濕疹，還有氣喘。

⑤ 我因為脊椎側彎，所以常常腰痛。

⑥ 多吃鈣質食物，才不會得骨質疏鬆和軟骨症。

⑦ 他從車禍至今，已經昏迷三天了。

⑧ 我有散光，所以視焦對不準。

⑨ 戀童癖者實在是太可惡了，應該被判終身監禁！

⑩ 他飽受強迫思想和強迫行為所苦。

英文

① I just came back from Europe. I'm still jet-lagged.

② I feel dizzy and nauseated. Do I have a concussion?

③ Don't touch your eyes when you swim in the pool unless you want to contract conjunctivitis.

④ Many children with allergies tend to have eczema and asthma.

⑤ My back often aches because I have a spinal disorder.

⑥ You should take more calcium because it prevents osteoporosis and rickets.

⑦ He has been in a coma for three days since the car accident.

⑧ I have astigmatism, so my eyes can't focus well.

⑨ Pedophiles are so detestable that they should get life imprisonment.

⑩ He is suffering from obsessive compulsive disorder.

二、長句聽力訓練

1. **phobia**	[`fobɪə]	*n.*	恐懼症
2. **flight phobia**	[`flaɪt `fobɪə]	*n.*	飛行恐懼症
3. **acrophobia**	[͵ækrə`fobɪə]	*n.*	懼高症
4. **misophobia**	[͵maɪsə`fobɪə]	*n.*	潔癖
5. **agoraphobia**	[͵ægərə`fobɪə]	*n.*	廣場恐懼症（怕人群）
6. **insect phobia**	[`ɪnsɛkt `fobɪə]	*n.*	怕昆蟲
7. **divorce**	[də`vors]	*v./n.*	離婚
8. **mental state**	[`mɛntl̩ `stet]	*n.*	精神狀態
9. **depression**	[dɪ`prɛʃən]	*n.*	憂鬱症
10. **regress**	[rɪ`grɛs]	*v./n.*	退步
	（當名詞用時，重音挪到第一音節）		
11. **Alzheimer's disease**	[`alts͵haɪməz dɪ`ziz]	*n.*	老年痴呆症
	（h 雖然在出現在音標中，但習慣上不發音）		
12. **hysterical**	[hɪs`tɛrɪkl̩]	*adj.*	歇斯底里的
13. **cardiovascular disease**	[͵kardɪo`væskjulə dɪ`ziz]	*n.*	心血管疾病
14. **heart disease**	[`hart dɪ`ziz]	*n.*	心臟病
15. **diabetes**	[͵daɪə`bitiz]	*n.*	糖尿病
16. **hypertension**	[͵haɪpə`tɛnʃən]	*n.*	高血壓
17. **arteriosclerosis**	[ar͵tɪrɪ͵osklɪ`rosɪs]	*n.*	動脈硬化

聽力特訓

Track 79

請聽 **CD**，並將聽到的英文句子譯為中文，每個句子會以不同速度唸三遍。

① 中譯 _____

▶▶ 正常速度　▶ 分解速度　▶▶▶ 速度訓練

② 中譯 _____

▶▶ 正常速度　▶ 分解速度　▶▶▶ 速度訓練

③ 中譯 _____

▶▶ 正常速度　▶ 分解速度　▶▶▶ 速度訓練

④ 中譯 _____

▶▶ 正常速度　▶ 分解速度　▶▶▶ 速度訓練

⑤ 中譯 _____

▶▶ 正常速度　▶ 分解速度　▶▶▶ 速度訓練

中譯

① 恐懼症有許多種，包括怕坐飛機、懼高症、怕髒（潔癖）、怕出入人多的地方、怕昆蟲……等等。

② 他自從離婚之後，精神狀態就不太穩定，我希望他不要變成憂鬱症。

③ 許多老年癡呆症患者連自己的子女都不認得，而且智力退化到幼兒期。

④ 沉著一點，深呼吸，慢慢說，不要那麼歇斯底里。

⑤ 常見的心血管疾病包括心臟病、糖尿病、高血壓、動脈硬化。

英 文

① There are many types of phobia, including flight phobia, acrophobia, misophobia, agoraphobia, insect phobia, etc.

② His mental state hasn't been steady since the divorce. I hope he doesn't fall into a depression.

③ Many victims of Alzheimer's disease can't even recognize their own children, and they regress to a child-like intelligence.

④ Calm down, take a deep breath, and speak slowly. Don't be hysterical.

⑤ Cardiovascular diseases we often see are heart disease, diabetes, hypertension and arteriosclerosis.

三、會話聽力訓練

單字打通關 Track 80

1. **eczema**	[ˈɛksəmə]	*n.*	濕疹
2. **prickly heat**	[ˈprɪklɪ ˈhit]	*n.*	痱子
3. **diabetic**	[ˌdaɪəˈbɛtɪk]	*n.*	糖尿病患者 *adj.* 糖尿病的
4. **restless**	[ˈrɛstlɪs]	*adj.*	坐立難安的
5. **spur**	[spɝ]	*n.*	骨刺
6. **fragile**	[ˈfrædʒəl]	*adj.*	脆弱的
7. **boast**	[bost]	*v.*	誇口

聽力特訓 Track 80

請聽 **CD** 並將聽到的英文寫出來，對話會以不同速度唸三遍。

▶▶ 正常速度　▶ 分解速度　▶▶▶ 速度訓練

Ⓐ _____

Ⓑ _____

Ⓐ _____

Ⓑ _____

Ⓐ _____

中譯

A：台灣太潮濕，我都長濕疹了。去年夏天，我還長痱子呢！

B：你要小心哦，糖尿病患者的皮膚不易痊癒，所以不要去抓！

A：你呢？怎麼好像坐立難安？

B：我脊椎長了一個骨刺，坐也痛、站也痛！我應該從明天開始游泳！

A：人的身體如此脆弱，我們實在沒什麼好誇口的！

英　文

A : It's too humid in Taiwan. I have eczema now and even had prickly heat last summer!

B : Be careful. Diabetics have a harder time healing from skin wounds. Don't scratch it!

A : What about you? You seem restless.

B : I have a spur on my spine, and it hurts whether I sit or stand. I should start swimming from tomorrow.

A : The human body is so fragile! We really have nothing to boast!

<Unit 27>
珠寶
Jewelry

一、短句聽力訓練

單字打通關　🎧 Track 81

1. **carat**	[ˋkærət]	n.	克拉
2. **diamond chip**	[ˋdaɪmənd ˋtʃɪp]	n.	碎鑽
3. **amethyst**	[ˋæməθɪst]	n.	紫水晶
4. **gold plated**	[ˋgold ˋpletɪd]	adj.	鍍金的
5. **fine jewelry**	[ˋfaɪn ˋdʒuərɪ]	n.	真珠寶
6. **imitation jewelry**	[͵ɪməˋteʃən ˋdʒuərɪ]	n.	假珠寶
7. **jade**	[dʒed]	n.	玉
8. **pendant**	[ˋpɛndənt]	n.	墜子
9. **birthstone**	[ˋbɝθ͵ston]	n.	生日幸運寶石
10. **sapphire**	[ˋsæfaɪr]	n.	藍寶石
11. **pierce**	[pɪrs]	v.	穿洞
12. **clip-on earrings**	[ˋklɪp͵an ˋɪr͵rɪŋz]	n.	夾式耳環
13. **locket**	[ˋlakɪt]	n.	小墜子盒
14. **charm bracelet**	[ˋtʃarm ˋbreslɪt]	n.	吊了許多墜物的手鍊
15. **hoop earrings**	[ˋhup ˋɪr͵rɪŋz]	n.	圈形耳環

請聽 **CD**，並將聽到的英文句子譯為中文，每個句子會以不同速度唸三遍。

① 中譯 _____

▶▶ 正常速度　▶ 分解速度　▶▶▶ 速度訓練

② 中譯 _____

▶▶ 正常速度　▶ 分解速度　▶▶▶ 速度訓練

③ 中譯 _____

▶▶ 正常速度　▶ 分解速度　▶▶▶ 速度訓練

④ 中譯 _____

▶▶ 正常速度　▶ 分解速度　▶▶▶ 速度訓練

⑤ 中譯 _____

▶▶ 正常速度　▶ 分解速度　▶▶▶ 速度訓練

⑥ 中譯 _____

▶▶ 正常速度　▶ 分解速度　▶▶▶ 速度訓練

⑦ 中譯 _____

▶▶ 正常速度　▶ 分解速度　▶▶▶ 速度訓練

⑧ 中譯 _____

▶▶ 正常速度　▶ 分解速度　▶▶▶ 速度訓練

⑨ 中譯 _____

▶▶ 正常速度　▶ 分解速度　▶▶▶ 速度訓練

⑩ 中譯 _____

▶▶ 正常速度　▶ 分解速度　▶▶▶ 速度訓練

解答 Answers

中譯

① 這個鑽戒有一克拉半！戒台的碎鑽加起來也有一克拉！

② 聽說水晶可以避邪，尤其是紫水晶！

③ 這是鍍金的還是 18K 金？

④ 他賣珠寶之前，是做假珠寶的。

⑤ 我要買一個四周鑲鑽的玉墜給媽媽。

⑥ 我是九月生的，所以我的生日石應該是藍寶石。

⑦ 我沒有耳洞，所以只能戴夾式耳環。

⑧ 我的項鍊墜子盒裡放了一張我女兒的照片。

⑨ 我想買一個上面吊了叮叮噹噹東西的手鍊。

⑩ 許多時髦的女孩喜歡戴圈形耳環。

英文

① **The diamond on this ring is one and a half carats! Even the diamond chips on the setting add up to a carat!**

② **I've heard that crystal can ward off evil, especially amethyst.**

③ **Is this gold plated or solid 18K gold?**

④ **He was in the imitation jewelry business before he started to sell fine jewelry.**

⑤ **I'll buy my mom a jade pendant with diamond chips around it.**

⑥ **I was born in September, so my birthstone should be sapphire.**

⑦ **My ears are not pierced. I can only wear clip-on earrings.**

⑧ **I have a photo of my daughter in the locket on my necklace.**

⑨ **I would like to buy a charm bracelet.**

⑩ **Many fancy girls like to wear hoop earrings.**

二、長句聽力訓練

1. jadeite	[ˋdʒedaɪt]	*n.*	翡翠
2. transparent	[trænsˋpɛrənt]	*adj.*	透明的
3. ruby	[ˋrubɪ]	*n.*	紅寶石
4. necklace	[ˋnɛklɪs]	*n.*	項鍊
5. pin	[pɪn]	*n.*	胸針（或 brooch [brotʃ]）
6. stud(s)	[stʌd(z)]	*n.*	針式耳環（沒有夾，也沒有吊墜物）
7. clasp	[klæsp]	*n.*	項鍊的扣子

請聽 **CD**，並將聽到的英文句子譯為中文，每個句子會以不同速度唸三遍。

① 中譯 _____

▶▶ 正常速度　▶ 分解速度　▶▶▶ 速度訓練

② 中譯 _____

▶▶ 正常速度　▶ 分解速度　▶▶▶ 速度訓練

③ 中譯 _____

▶▶ 正常速度　▶ 分解速度　▶▶▶ 速度訓練

④ 中譯 _____

▶▶ 正常速度　▶ 分解速度　▶▶▶ 速度訓練

⑤ 中譯 _____

▶▶ 正常速度　▶ 分解速度　▶▶▶ 速度訓練

中譯

① 翡翠很稀少，又綠又透明的翡翠可能比鑽石還貴！

② 八月的生日幸運石是紅寶石還是藍寶石？

③ 我年紀大了，不適合戴圈型耳環，戴只有一顆珍珠的耳環就可以了！

④ 我有一套玉的首飾，包括了戒指、項鍊、耳環和胸針。

⑤ 慘了，我項鍊的扣子不見了，那是18K金的耶！

英 文

① Jadeite is rare. Green and transparent ones can be more expensive than diamonds.

② Is it ruby or sapphire that is the birthstone of August?

③ I am too old to wear hoop earrings. Pearl studs will do.

④ I have a set of jade ornaments which includes a ring, a necklace, earrings and a broach.

⑤ Oh, no! The clasp on my necklace is gone. It's 18K gold!

三、會話聽力訓練

 **單字打通關** Track 83

1. **Rolex** [`rolɛks] *n.* 勞力士
2. **out of date** *adj.* 過時的
3. **global economy** [`globḷ ɪ`kɑnəmɪ rɪ`sɛʃən] *n.* 全球經濟不景氣
   recession
4. **precious item** [`prɛʃəs `aɪtəm] *n.* 貴重物品

 聽力特訓 Track 83

請聽 CD 並將聽到的英文寫出來，對話會以不同速度唸三遍。

▶▶ 正常速度　▶ 分解速度　▶▶▶ 速度訓練

Ⓐ _____

Ⓑ _____

Ⓐ _____

Ⓑ _____

中譯

A：我想當這支勞力士手錶。可以當多少錢呢？

B：你的手錶已經過時了，值不了多少錢，可以給你五萬元。

A：我可是十二萬元買的耶！現在連一半都不到！看到沒，這兒還有小碎鑽呢！

B：沒辦法，現在全球經濟不景氣，大家都不來當鋪買貴重物品了！

英 文

A : I would like to pawn this Rolex. How much is it worth?

B : This watch is out of date. It isn't worth much. I'll give you $50,000 for it.

A : But I bought if for $120,000! That's not even half! Look, there are even diamond chips!

B : I'm sorry. The global economy is in a recession, which has stopped people from buying luxury items from pawn shops!

<Unit 28>

家庭用品

Household Goods

一、短句聽力訓練

單字打通關　Track 84

1. rolling pin	[ˋrolɪŋ ˋpɪn]	*n.*	桿麵棍
2. ladle	[ˋledl̩]	*n.*	湯杓
3. casserole	[ˋkæsəˏrol]	*n.*	湯鍋（深的，煮湯用）
4. spatula	[ˋspætʃələ]	*n.*	鍋鏟 (= turner)
5. lazy Susan	[ˋlezɪ ˋsuzn̩]	*n.*	餐桌的轉盤
6. spacious	[ˋspeʃəs]	*adj.*	寬敞的
7. counter	[ˋkaʊntɚ]	*n.*	流理臺
8. coffee grinder	[ˋkɔfɪ ˋgraɪndɚ]	*n.*	咖啡研磨機
9. detergent	[dɪˋtɝdʒənt]	*n.*	洗衣精
10. bucket	[ˋbʌkɪt]	*n.*	水桶
11. broom	[brum]	*n.*	掃把
12. mop	[mɑp]	*n.*	拖把；抹布
13. stretch out wrinkles		*v.*	把皺痕拉平
14. hanger	[ˋhæŋɚ]	*n.*	衣架
15. clothespin	[ˋkloz͵pɪn]	*n.*	衣夾子
16. sort the laundry		*v.*	把髒衣分類

請聽 CD，並將聽到的英文句子譯為中文，每個句子會以不同速度唸三遍。

① 中譯 _____

▶▶ 正常速度　▶ 分解速度　▶▶▶ 速度訓練

② 中譯 _____

▶▶ 正常速度　▶ 分解速度　▶▶▶ 速度訓練

③ 中譯 _____

▶▶ 正常速度　▶ 分解速度　▶▶▶ 速度訓練

④ 中譯 _____

▶▶ 正常速度　▶ 分解速度　▶▶▶ 速度訓練

⑤ 中譯 _____

▶▶ 正常速度　▶ 分解速度　▶▶▶ 速度訓練

⑥ 中譯 _____

▶▶ 正常速度　▶ 分解速度　▶▶▶ 速度訓練

⑦ 中譯 _____

▶▶ 正常速度　▶ 分解速度　▶▶▶ 速度訓練

⑧ 中譯 _____

▸▸ 正常速度　▸ 分解速度　▸▸▸ 速度訓練

⑨ 中譯 _____

▸▸ 正常速度　▸ 分解速度　▸▸▸ 速度訓練

⑩ 中譯 _____

▸▸ 正常速度　▸ 分解速度　▸▸▸ 速度訓練

解答 Answers

中譯

① 我需要桿麵棍，才能做水餃和鍋貼啊！

② 請把湯杓、湯鍋、鍋鏟洗一洗。

③ 我家餐桌上的轉盤壞掉了。

④ 我一直夢想有一個寬敞的廚房，裡面還有一個很大的流理臺。

⑤ 這個咖啡研磨機太大聲了。

⑥ 洗衣精快用完了，我們得買一瓶新的。

⑦ 你提水桶，我拿掃把和抹布。

⑧ 這皺褶用手是拉不平的，你得用熨斗才行。

⑨ 我還少三個衣架和兩個衣夾。

⑩ 我從來不會先把髒衣服分類，那樣太麻煩了！

英 文

① I need a rolling pin for making dumplings and pot stickers.

② Please wash the ladle, casserole pan and spatula.

③ The lazy Susan on our dining table is broken.

④ I have always dreamed of having a spacious kitchen with a big counter.

⑤ This coffee grinder is too noisy.

⑥ We're running out of detergent. We'll have to buy another bottle.

⑦ You carry the bucket. I'll take the broom and the mop.

⑧ You can't remove the wrinkles by hand. You'll have to use an iron.

⑨ I'm missing three hangers and two clothespins.

⑩ I never sort the laundry. That's too troublesome!

二、長句聽力訓練

 單字打通關 Track *85*

1. unload the dryer		*v.*	把衣服從烘乾機拿出來
2. sweep	[swip]	*v.*	掃地（動詞三態：sweep、swept、swept）
3. vacuum cleaner	[ˈvækjuəm ˈklinɚ]	*n.*	吸塵器
4. champagne	[ʃamˈpen]	*n.*	香檳
5. goblet	[ˈgɑblɪt]	*n.*	高腳杯
6. baby booster	[ˈbebɪ ˈbustɚ]	*n.*	嬰兒坐的高腳椅

請聽 **CD**，並將聽到的英文句子譯為中文，每個句子會以不同速度唸三遍。

① 中譯 _____

▶▶ 正常速度　▶ 分解速度　▶▶▶ 速度訓練

② 中譯 _____

▶▶ 正常速度　▶ 分解速度　▶▶▶ 速度訓練

③ 中譯 _____

▶▶ 正常速度　▶ 分解速度　▶▶▶ 速度訓練

④ 中譯 _____

▶▶ 正常速度　▶ 分解速度　▶▶▶ 速度訓練

⑤ 中譯 _____

▶▶ 正常速度　▶ 分解速度　▶▶▶ 速度訓練

解答 Answers

中譯

① 把衣服從烘乾機拿出來，該燙的燙，該掛的掛。

② 我媽都是先用掃把掃一掃，然後再用拖把拖地。

③ 我的方法簡單得多，我直接用吸塵器。

④ 晚上有客人來，我們先準備一些喝香檳用的高腳杯吧！

⑤ 小時候，我媽都把我放在高高的嬰兒椅上，這樣我就不會亂跑了！

英　文

① Take the clothes from the dryer, then iron what needs to be ironed and hang what needs to be hung.

② My mom usually sweeps the floor with a broom first; then mops it afterwards.

③ My method is easier. I go straight for the vacuum.

④ We're having guests over tonight. Let's get some goblets for champagne.

⑤ My mom put me on a booster seat when I was small so that I wouldn't be able to run around.

三、會話聽力訓練

 單字打通關 Track 86

1. **instant coffee**	[ˈɪnstənt ˈkɔfɪ]	n.	即溶咖啡
2. **coffee beans**	[ˈkɔfɪ ˈbinz]	n.	咖啡豆
3. **grind**	[graɪnd]	v.	磨（動詞三態是 grind、ground、ground）
4. **coffee grinder**	[ˈkɔfɪ ˈgraɪndɚ]	n.	磨咖啡機
5. **coffee maker**	[ˈkɔfɪ ˈmekɚ]	n.	煮咖啡機
6. **measuring spoon**	[ˈmɛʒəɪŋ ˈspun]	n.	量匙
7. **measuring cup**	[ˈmɛʒəɪŋ ˈkʌp]	n.	量杯
8. **sieve**	[sɪv]	n.	篩子
9. **steamer**	[ˈstimɚ]	n.	蒸籠（輪船也稱為 steamer）
10. **waffle iron**	[ˈwɑfḷ ˈaɪɚn]	n.	鬆餅機
11. **bread maker**	[ˈbrɛd ˈmekɚ]	n.	做麵包機

請聽 **CD** 並將聽到的英文寫出來，對話會以不同速度唸三遍。

▶▶ 正常速度　▶ 分解速度　▶▶▶ 速度訓練

A _____

B _____

A _____

B _____

中譯

A：我不喜歡喝即溶咖啡，我通常都自己磨咖啡豆。

B：那麼你就必須有磨咖啡和煮咖啡的器具了！

A：有啊。我喜歡待在廚房看食譜弄東弄西的，我還有量匙、量杯、篩子和蒸籠呢！

B：所以你喜歡烹飪？我家有一個麵包機和一個做鬆餅的機器，我從來沒用過，你要不要？

英文

A : I don't like instant coffee. I usually grind my own coffee beans.

B : Then you must have a coffee grinder and a coffee maker.

A : I do. I like to stay around the kitchen and experiment with recipes. I even have measuring spoons, measuring cups, a sieve and a steamer!

B : So you like to cook? I have a bread maker and a waffle iron at home which I've never used. Do you want them?

<Unit 29>
3C 產品
Computer, Communication & Consumer Electronics

一、短句聽力訓練

 單字打通關 **Track** *87*

1. **upload**	[ʌpˋlod]	v.	上傳
2. **download**	[ˋdaʊnˏlod]	v.	下載
3. **crash**	[kræʃ]	v.	電腦當機（freeze v. 電腦動不了）
4. **text**	[tɛkst]	v.	傳簡訊
5. **colleague**	[ˋkɑlig]	n.	同事（= co-worker）
6. **cell phone**	[ˋsɛlˏfon]	n.	手機
7. **electromagnetic radiation**	[ɪˋlɛktroˏmægˋnɛtɪk ˏredɪˋeʃən]	n.	電磁波（或 electromagnetic wave）
8. **karaoke machine**	[ˏkɑrɑˋoke məˋʃin]	n.	伴唱機
9. **LCD**		n.	液晶
10. **call waiting**	[ˋkɔl ˋwetɪŋ]	n.	電話插播
11. **answering machine**	[ˋænsəɪŋ məˋʃin]	n.	答錄機

聽力特訓 🎧 Track *87*

請聽 **CD**，並將聽到的英文句子譯為中文，每個句子會以不同速度唸三遍。

① 中譯 _____

▶▶ 正常速度 ▶ 分解速度 ▶▶▶ 速度訓練

② 中譯 _____

▶▶ 正常速度 ▶ 分解速度 ▶▶▶ 速度訓練

③ 中譯 _____

▶▶ 正常速度 ▶ 分解速度 ▶▶▶ 速度訓練

④ 中譯 _____

▶▶ 正常速度 ▶ 分解速度 ▶▶▶ 速度訓練

⑤ 中譯 _____

▶▶ 正常速度 ▶ 分解速度 ▶▶▶ 速度訓練

⑥ 中譯 _____

▶▶ 正常速度 ▶ 分解速度 ▶▶▶ 速度訓練

⑦ 中譯 _____

▶▶ 正常速度 ▶ 分解速度 ▶▶▶ 速度訓練

⑧ 中譯 _____

▶▶ 正常速度　　▶ 分解速度　　▶▶▶ 速度訓練

⑨ 中譯 _____

▶▶ 正常速度　　▶ 分解速度　　▶▶▶ 速度訓練

⑩ 中譯 _____

▶▶ 正常速度　　▶ 分解速度　　▶▶▶ 速度訓練

中譯

① 你可以教我如何上傳這份文件嗎？

② 下載這份文件大約需要十分鐘。

③ 這台電腦經常當機。

④ 我正在傳簡訊給我的同事。

⑤ 手機的電磁波很強。

⑥ 他自從買了伴唱機之後，歌藝突飛猛進。

⑦ 我想買一台50吋的液晶電視。

⑧ 我如果不在家，就請在答錄機留話吧！

⑨ 是你還是我有插播？

⑩ 你現在馬上掛電話，去做功課！

英　文

① **Could you teach me how to upload this document?**

② **It takes about 10 minutes to download this document.**

③ **This computer often crashes.**

④ **I am texting a message to my colleague.**

⑤ **Cell phones emit strong electromagnetic radiation.**

⑥ **He sings much better ever since he bought a karaoke machine.**

⑦ **I wish to buy a 50-inch LCD TV.**

⑧ **Please leave a message on my answering machine if I'm not home.**

⑨ **Is that you or me who's having the call waiting?**

⑩ **Hang up the phone right now and do your homework!**

二、長句聽力訓練

單字打通關 Track 88

1. **image**	[ˈɪmɪdʒ]	*n.*	影像
2. **shimmer**	[ˈʃɪmə]	*v.*	閃爍
3. **high-definition**	[ˈhaɪˌdɛfəˈnɪʃən]	*adj.*	高畫質
4. **digital**	[ˈdɪdʒɪtl̩]	*adj.*	數位的
5. **static**	[ˈstætɪk]	*n.*	雜音
6. **mother board**	[ˈmʌðə ˈbord]	*n.*	主機
7. **monitor**	[ˈmɑnətə]	*n.*	螢幕
8. **printer**	[ˈprɪntə]	*n.*	印表機
9. **scanner**	[ˈskænə]	*n.*	掃描器
10. **set-top box**	[ˈsɛtˌtɑp ˈbɑks]	*n.*	機上盒
11. **mouse**	[maʊs]	*n.*	滑鼠
12. **pad**	[pæd]	*n.*	墊子
13. **Internet cafe**	[ˈɪntəˌnɛt kəˈfe]	*n.*	網咖

 聽力特訓 Track 88

請聽 CD，並將聽到的英文句子譯為中文，每個句子會以不同速度唸三遍。

① 中譯 _____

　　　　　▶▶ 正常速度　▶ 分解速度　▶▶▶ 速度訓練

② 中譯 _____

　　　　　▶▶ 正常速度　▶ 分解速度　▶▶▶ 速度訓練

③ 中譯 _____

　　　　　▶▶ 正常速度　▶ 分解速度　▶▶▶ 速度訓練

④ 中譯 _____

　　　　　▶▶ 正常速度　▶ 分解速度　▶▶▶ 速度訓練

⑤ 中譯 _____

　　　　　▶▶ 正常速度　▶ 分解速度　▶▶▶ 速度訓練

解答 Answers

中譯

① 電視畫面一直閃，我想買一個高畫質的液晶電視。

② 現在很少人用傳統相機，大部分都是用數位相機了，又方便，效果又好。

③ 這支手機不好，有雜音，又經常當機！真是一分錢一分貨。

④ 我剛買了一整套電腦，包括主機、螢幕、印表機、掃描器、燒錄器、機上盒、喇叭，當然還有滑鼠和滑鼠墊！

⑤ 網咖裡面煙霧瀰漫，又充滿輻射，所以我很同情在那裡工作的人，工作辛苦又賺不到什麼錢。

英文

① The image keeps on shimmering. I want to buy a high-definition LCD TV instead.

② Few people use traditional cameras toady. Most have digital cameras, which are convenient and effective.

③ This cell phone isn't good because it has static and often crashes. We really got what we paid for.

④ I just bought a whole computer set which includes a motherboard, monitor, printer, scanner, burner, the set-top box, speakers, and of course a mouse and mouse pad.

⑤ Internet cafes are often full of cigarette smoke and radiation. I really pity those who work there because they work hard and make little money.

三、會話聽力訓練

 單字打通關 Track 89

1. online game	[ˋɑnˌlaɪn ˋgem]	*n.*	線上遊戲
2. online chat	[ˋɑnˌlaɪn ˋtʃæt]	*n.*	線上聊天
3. eye strain	[ˋaɪ ˋstren]	*n.*	眼睛疲勞
4. arcade	[ɑrˋked]	*n.*	電玩店
5. dance machine	[ˋdæns məˋʃin]	*n.*	跳舞機
6. jog	[dʒɑg]	*v.*	慢跑

聽力特訓 Track 89

請聽 CD 並將聽到的英文寫出來，對話會以不同速度唸三遍。

▶▶ 正常速度　▶ 分解速度　▶▶▶ 速度訓練

Ⓐ _____

Ⓑ _____

Ⓐ _____

Ⓑ _____

Ⓐ _____

中譯

A：我每次一玩線上遊戲，就停不下來。

B：我比較喜歡在線上聊天，當然我偶爾也會玩線上遊戲。

A：可是使用電腦太久真的不好，不但有輻射，還會造成眼睛疲勞。

B：那我們乾脆去電動玩具店運動好了。轉角那一家新買了一台跳舞機耶！

A：你現在真的想運動？我們乾脆去公園慢跑好了！

英 文

A : Once I start playing online games, I can't stop.

B : I prefer online chatting. Of course I also play online games once in a while.

A : But it's not good to sit at the computer for too long. You'll get radiation and eyestrain.

B : Then why don't we go exercise at an arcade? The one at the corner just got a new dance machine.

A : You really want to exercise now? Why don't we jog at the park?

<Unit 30>
交 通
Traffic

一、短句聽力訓練

1. **traffic sign**	[ˈtræfɪk ˈsaɪn]	n.	交通號誌
2. **U-turn**	[ˈju ˈtɜn]	v.	迴轉
3. **streetlight(s)**	[ˈstrit͵laɪt(s)]	n.	路燈
4. **artistic**	[ɑrˈtɪstɪk]	adj.	藝術的
5. **sidewalk**	[ˈsaɪd͵wɔk]	n.	人行道
6. **apron**	[ˈeprən]	n.	停機坪
7. **runway**	[ˈrʌn͵we]	n.	飛機跑道
8. **telescope**	[ˈtɛlə͵skop]	n.	單眼望遠鏡
9. **binoculars**	[bɪˈnɑkjələz]	n.	雙眼望遠鏡
10. **deck**	[dɛk]	n.	甲板
11. **quartermaster**	[ˈkwɔrtə͵mæstə]	n.	舵手
12. **crew**	[kru]	n.	船和飛機的工作組員
13. **mysterious**	[mɪsˈtɪrɪəs]	adj.	神秘的
14. **magnetic field**	[mægˈnɛtɪk ˈfild]	n.	磁場
15. **Titanic**	[taɪˈtænɪk]	n.	鐵達尼號
16. **maiden voyage**	[ˈmedn ˈvɔɪɪdʒ]	n.	首航
17. **yacht**	[jɑt]	n.	遊艇
18. **sailboat**	[ˈsel͵bot]	n.	帆船
19. **berth**	[bɜθ]	v.	被停泊（需使用被動語態）

請聽 CD，並將聽到的英文句子譯為中文，每個句子會以不同速度唸三遍。

① 中譯 _____

▶▶ 正常速度　▶ 分解速度　▶▶▶ 速度訓練

② 中譯 _____

▶▶ 正常速度　▶ 分解速度　▶▶▶ 速度訓練

③ 中譯 _____

▶▶ 正常速度　▶ 分解速度　▶▶▶ 速度訓練

④ 中譯 _____

▶▶ 正常速度　▶ 分解速度　▶▶▶ 速度訓練

⑤ 中譯 _____

▶▶ 正常速度　▶ 分解速度　▶▶▶ 速度訓練

⑥ 中譯 _____

▶▶ 正常速度　▶ 分解速度　▶▶▶ 速度訓練

⑦ 中譯 _____

▶▶ 正常速度　▶ 分解速度　▶▶▶ 速度訓練

⑧ 中譯 _____

▶▶ 正常速度　▶ 分解速度　▶▶▶ 速度訓練

⑨ 中譯 _____

▶▶ 正常速度　▶ 分解速度　▶▶▶ 速度訓練

⑩ 中譯 _____

▶▶ 正常速度　▶ 分解速度　▶▶▶ 速度訓練

解答 Answers

中譯

① 這幾個交通號誌真把我搞糊塗了，到底可不可以迴轉？
② 這些路燈還蠻藝術化的。
③ 走人行道，不要走在馬路上！
④ 香港機場的停機坪和跑道都停滿了飛機。
⑤ 你想買單眼望遠鏡還是雙眼望遠鏡？
⑥ 船上甲板站滿了旅客，等著看日出。
⑦ 比爾是個好舵手，船上全部的工作人員都喜歡他。
⑧ 這個地方有一個神祕的磁場。
⑨ 鐵達尼號首航就沈沒了。
⑩ 這個港口停了各式各樣的遊艇和帆船。

英 文

① I'm confused by those traffic signs. Can we U-turn or not?
② These streetlights are quite artistic.
③ Use the sidewalk. Stay off the street!
④ The apron and runways of the Hong Kong airport are occupied by airplanes.
⑤ Would you rather buy a telescope or binoculars?
⑥ The deck is full of passengers who are waiting to see the sunrise.
⑦ Bill is a good quartermaster and is liked by all the crew on the ship.
⑧ This place has a mysterious magnetic field.
⑨ The Titanic sank on its maiden voyage.
⑩ All kinds of yachts and sailboats are berthed at this harbor.

二、長句聽力訓練

 單字打通關 Track 91

1. **Bermuda Triangle**	[bəˋmjudə ˋtraɪˏæŋgl̩]	*n.*	百慕達三角洲
2. **compass**	[ˋkʌmpəs]	*n.*	羅盤
3. **water sport**	[ˋwɔtɚ ˋsport]	*n.*	水上運動
4. **jet ski**	[ˋdʒɛt ˋski]	*v.*	騎水上摩托車
5. **surf**	[sɝf]	*v.*	衝浪
6. **windsurf**	[ˋwɪndˏsɝf]	*v.*	風帆板衝浪
7. **snorkel**	[ˋsnɔrkl̩]	*v.*	浮潛
8. **steamer**	[ˋstimɚ]	*n.*	輪船
9. **ferry**	[ˋfɛrɪ]	*n.*	渡船
10. **whitewater rafting**	[ˋhwaɪtˏwɔtɚ ˋræftɪŋ]	*n.*	急流泛舟
11. **traffic light(s)**	[ˋtræfɪk ˋlaɪt(s)]	*n.*	交通號誌

請聽 **CD**，並將聽到的英文句子譯為中文，每個句子會以不同速度唸三遍。

① 中譯 _____

▶▶ 正常速度　▶ 分解速度　▶▶▶ 速度訓練

② 中譯 _____

▶▶ 正常速度　▶ 分解速度　▶▶▶ 速度訓練

③ 中譯 _____

▶▶ 正常速度　▶ 分解速度　▶▶▶ 速度訓練

④ 中譯 _____

▶▶ 正常速度　▶ 分解速度　▶▶▶ 速度訓練

⑤ 中譯 _____

▶▶ 正常速度　▶ 分解速度　▶▶▶ 速度訓練

中譯

① 聽說百慕達三角洲有一個神祕的磁場，許多船隻和飛機都在那兒失蹤了！

② 航海的時候一定要帶羅盤，才不會在汪洋大海中迷路。

③ 泰國有許多水上運動，包括浮潛、深潛、水上摩托車、衝浪和風帆衝浪。

④ 基隆港有輪船，淡水有渡船，墾丁有帆船，花蓮則有急流泛舟。

⑤ 那些紅綠燈已經故障一個禮拜了，造成嚴重交通阻塞！

英 文

① I've heard that there's a mysterious magnetic field around the Bermuda Triangle, where many ships and airplanes have disappeared!

② A compass must be brought on a sea voyage in order not to get lost.

③ There are many water sports in Thailand, including snorkeling, scuba diving, jet skiing, surfing and windsurfing.

④ There are steamers in Keelung Harbor, ferryboats in Tamsui, sailboats in Kenting, and whitewater rafting in Hualian!

⑤ Those traffic lights have been broken for a week, causing massive traffic congestion!

三、會話聽力訓練

 單字打通關 Track 92

1. **boarding pass**	［`bordɪŋ `pæs］	*n.*	登機證
2. **credit card**	［`krɛdɪt `kɑrd］	*n.*	信用卡
3. **line up**	［`laɪn ˌʌp］	*v.*	排隊
4. **immigration**	［ˌɪmə`greʃən］	*n.*	移民局
5. **customs**	［`kʌstəmz］	*n.*	海關（字尾一定有 s）
6. **nonstop flight**	［`nɑnˌstɑp `flaɪt］	*n.*	直飛（亦稱為 direct flight）
7. **pick up**	［`pɪk ˌʌp］	*v.*	接人

聽力特訓 Track 92

請聽 **CD** 並將聽到的英文寫出來，對話會以不同速度唸三遍。

▶▶ 正常速度　▶ 分解速度　▶▶▶ 速度訓練

A _____

B _____

A _____

B _____

中譯

A：你在機場報到時，地勤人員會給你登機證，上面會註明在第幾號門登機。

B：我知道，我的護照、信用卡、現金都帶了，你不要擔心。

A：下飛機以後，要排隊通過移民局，之後再拿行李，經過海關。一路要注意安全。

B：媽，那是直達飛機，一下飛機就有人來接我了！

英　文

A : When you check in at the airport, the ground staff will give you a boarding pass on which your gate number will be indicated.

B : I know. I brought my passport, credit card, and cash. Don't worry about me.

A : After you get off the plane, you'll line up at the immigration counter before you can claim your luggage, then you'll pass through customs. Be very careful on the way through.

B : Mom, it's a direct flight. There will be someone picking me up at the airport.

在學校

At School

一、短句聽力訓練

單字打通關 Track 93

1.	**skip class**		*v.* 翹課
2.	**absence**	[ˈæbsn̩s]	*n.* 缺席
3.	**deduct**	[dɪˈdʌkt]	*v.* 扣分；扣錢
4.	**tuition**	[tjuˈɪʃən]	*n.* 學費
5.	**miscellaneous expenses**	[ˌmɪslˈenɪəs ɪkˈspɛnsɪz]	*n.* 雜費
6.	**inflation**	[ɪnˈfleʃən]	*n.* 通膨
7.	**living expenses**	[ˈlɪvɪŋ ɪkˈspɛnsɪz]	*n.* 生活費
8.	**home schooling**	[ˈhomˌskulɪŋ]	*n.* 在家自行受教（不去學校）
9.	**advantage**	[ədˈvæntɪdʒ]	*n.* 優點
10.	**disadvantage**	[ˌdɪsədˈvæntɪdʒ]	*n.* 缺點
11.	**compulsory education**	[kəmˈpʌlsərɪ ˌɛdʒʊˈkeʃən]	*n.* 義務教育
12.	**merit**	[ˈmɛrɪt]	*n.* 功；獎
13.	**cheat**	[tʃit]	*v.* 作弊
14.	**minor**	[ˈmaɪnə]	*n./v.* 副修
15.	**administrative management**	[ədˈmɪnəˌstretɪv ˈmænɪdʒmənt]	*n.* 企管
16.	**oral exam**	[ˈorəl ɪgˈzæm]	*n.* 口試
17.	**written exam**	[ˈrɪtn̩ ɪgˈzæm]	*n.* 筆試
18.	**mid-term exam**	[ˈmɪdˌtɜm ɪgˈzæm]	*n.* 期中考

 聽力特訓 Track 93

請聽 **CD**，並將聽到的英文句子譯為中文，每個句子會以不同速度唸三遍。

① 中譯 _____

▶▶ 正常速度 ▶ 分解速度 ▶▶▶ 速度訓練

② 中譯 _____

▶▶ 正常速度 ▶ 分解速度 ▶▶▶ 速度訓練

③ 中譯 _____

▶▶ 正常速度 ▶ 分解速度 ▶▶▶ 速度訓練

④ 中譯 _____

▶▶ 正常速度 ▶ 分解速度 ▶▶▶ 速度訓練

⑤ 中譯 _____

▶▶ 正常速度 ▶ 分解速度 ▶▶▶ 速度訓練

⑥ 中譯 _____

▶▶ 正常速度 ▶ 分解速度 ▶▶▶ 速度訓練

⑦ 中譯 _____

▶▶ 正常速度 ▶ 分解速度 ▶▶▶ 速度訓練

⑧ 中譯

▶▶ 正常速度　▶ 分解速度　▶▶▶ 速度訓練

⑨ 中譯

▶▶ 正常速度　▶ 分解速度　▶▶▶ 速度訓練

⑩ 中譯

▶▶ 正常速度　▶ 分解速度　▶▶▶ 速度訓練

解答 Answers

中譯

① 你又要翹課啊！這是這個月的第幾次啊？
② 缺席一次扣兩分。
③ 學費和雜費真的太貴了。
④ 現在通貨膨脹的程度，我生活費都快付不起了！
⑤ 在家自行受教育有優點也有缺點。
⑥ 義務教育的目的是確保人人都可受教育。
⑦ 我這學期被記兩個功。
⑧ 他考試作弊，結果拿個零分。
⑨ 我主修中文，副修企管。
⑩ 期中考包括口試和筆試。

英 文

① You're skipping class again? How many times have you been absent this month?
② Two points will be deducted per absence.
③ The tuition and miscellaneous expenses are too expensive.
④ At this rate of inflation, I can hardly afford my living expenses.
⑤ There are advantages and disadvantages to home schooling.
⑥ The purpose of compulsory education is to ensure that everyone is educated.
⑦ I have received two merits this semester.
⑧ He got a zero for cheating on the exam.
⑨ I'm majoring in Chinese and minoring in business administration.
⑩ The mid-term exam includes oral and written tests.

二、長句聽力訓練

單字打通關 Track 94

1. transfer	[`trænsfɝ]	*n.*	轉學;轉系(當動詞用時,重音挪到第二音節)
2. diplomacy	[dɪ`plomәsɪ]	*n.*	外交
3. political science	[pә`lɪtɪkḷ `saɪәns]	*n.*	政治學
4. do the roll call		*v.*	點名
5. dorm	[dɔrm]	*n.*	宿舍
6. IQ		*n.*	智商
			(= Intelligence Quotient [`kwoʃәnt])
7. EQ		*n.*	情緒指數
			(= Emotional Quotient)
8. AQ		*n.*	逆境指數
			(= Adversity Quotient)

請聽 CD，並將聽到的英文句子譯為中文，每個句子會以不同速度唸三遍。

① 中譯 _____

正常速度　▶ 分解速度　▶▶▶ 速度訓練

② 中譯 _____

正常速度　▶ 分解速度　▶▶▶ 速度訓練

③ 中譯 _____

正常速度　▶ 分解速度　▶▶▶ 速度訓練

④ 中譯 _____

正常速度　▶ 分解速度　▶▶▶ 速度訓練

⑤ 中譯 _____

正常速度　▶ 分解速度　▶▶▶ 速度訓練

解答 Answers ....

中譯

① 我是轉學生，我以前念外交系，現在是政治系。

② 他在微積分期末考的時候作弊，被抓到，還記了兩個過。

③ 我們老師雖然很嚴格，但是她從不點名，不過我們也沒人會翹課。

④ 住在學校宿舍有利也有弊。

⑤ 我覺得EQ比IQ重要，而AQ又比EQ重要，因為身處逆境時的態度可以決定我們的成敗。

英　文

① I'm a transfer student. I used to be in the department of diplomacy, but now I'm in political science.

② He got caught cheating on the calculus final exam and received two demerits.

③ Our teacher never does roll call even though she is very strict. Nonetheless, no one would skip her class.

④ There are advantages and disadvantages to living on campus.

⑤ I believe that EQ is more important than IQ, and AQ is more important than EQ, because our attitude towards adversity decides whether we succeed or fail.

三、會話聽力訓練

單字打通關 🎧 Track 95

1. **mental arithmetic** [ˈmɛntl̩ əˈrɪθməˌtɪk] *n.* 心算
2. **divided by** 除（÷）
3. **square root** [ˈskwɛr ˈrut] *n.* 平方根（√）
4. **to the second power** 二次方

聽力特訓 Track 95

請聽 CD 並將聽到的英文寫出來，對話會以不同速度唸三遍。

▸▸ 正常速度　▸ 分解速度　▸▸▸ 速度訓練

Ⓐ _____

Ⓑ _____

Ⓐ _____

Ⓑ _____

Ⓐ _____

Ⓑ _____

中譯

A：我們來做一些心算吧！200除以4等於多少？

B：200除以4是50，該你了，36的平方根是多少？

A：36開根號是6。9的二次方是多少？

B：9的二次方是81，81乘3是多少？

A：81乘3等於243，243除以10是多少？

B：等於24.3。

英 文

A : Let's do some mental arithmetic. What do you get when you divide 200 by 4?

B : 200 divided by 4 equals 50. Your turn. What's the square root of 36?

A : The square root of 36 is 6. How much is 9 to the second power?

B : 9 to the second power equals 81. How much is 81 times 3?

A : 81 times 3 equals 243. And how much is 243 divided by 10?

B : That would be 24.3.

註 1. 在英文寫作中，1到9必須以英文字書寫，10及以上則用阿拉伯數字。

　　2. 數字如果在句首，則一律以英文字書寫。

　　3. 為了方便聽力練習，這一章直接用阿拉伯數字書寫。

<Unit 32>

電影與藝術
Movies and Arts

一、短句聽力訓練

 單字打通關 **Track** *96*

1. **science fiction movie**	[ˋsaɪəns ˋfɪkʃən ˋmuvɪ]	*n.* 科幻片
2. **detective movie**	[dɪˋtɛktɪv ˋmuvɪ]	*n.* 偵探片
3. **Academy Award**	[əˋkædəmɪ əˋwɔrd]	*n.* 奧斯卡金像獎
4. **special effect**	[ˋspɛʃəl əˋfɛkt]	*n.* 特效
5. **sound effect**	[ˋsaund əˋfɛkt]	*n.* 音效
6. **pornography**	[pɔrˋnagrəfɪ]	*n.* 色情（簡稱爲 porno）
7. **child star**	[ˋtʃaɪld ˋstar]	*n.* 童星
8. **director**	[dəˋrɛktɚ]	*n.* 導演
9. **stunt man**	[ˋstʌnt͵mæn]	*n.* 特技演員
10. **talent scout**	[ˋtælənt ˋskaut]	*n.* 星探
11. **audition**	[ɔˋdɪʃən]	*n.* 試鏡
12. **line(s)**	[laɪn(z)]	*n.* 台詞（一句話是一個 line，複數則加 s）
13. **steal the show**		*v.* 搶鏡頭
14. **slow motion**	[ˋslo ˋmoʃən]	*n.* 慢鏡頭
15. **close-up**	[ˋklos͵ʌp]	*n.* 特寫鏡頭
16. **footage**	[ˋfutɪdʒ]	*n.* 影片的長度；影片
17. **shoot**	[ʃut]	*v.* 拍片

請聽 CD，並將聽到的英文句子譯為中文，每個句子會以不同速度唸三遍。

① 中譯 _____
▶▶ 正常速度　▶ 分解速度　▶▶▶ 速度訓練

② 中譯 _____
▶▶ 正常速度　▶ 分解速度　▶▶▶ 速度訓練

③ 中譯 _____
▶▶ 正常速度　▶ 分解速度　▶▶▶ 速度訓練

④ 中譯 _____
▶▶ 正常速度　▶ 分解速度　▶▶▶ 速度訓練

⑤ 中譯 _____
▶▶ 正常速度　▶ 分解速度　▶▶▶ 速度訓練

⑥ 中譯 _____
▶▶ 正常速度　▶ 分解速度　▶▶▶ 速度訓練

⑦ 中譯 _____
▶▶ 正常速度　▶ 分解速度　▶▶▶ 速度訓練

⑧ 中譯 _____

▶▶ 正常速度　▶ 分解速度　▶▶▶ 速度訓練

⑨ 中譯 _____

▶▶ 正常速度　▶ 分解速度　▶▶▶ 速度訓練

⑩ 中譯 _____

▶▶ 正常速度　▶ 分解速度　▶▶▶ 速度訓練

中譯

① 我弟弟喜歡看科幻片,我喜歡看懸疑片。

② 這部電影得了奧斯卡最佳特效獎。

③ 現在色情在網路上氾濫,使許多年輕人迷失了。

④ 他以前是童星,現在則是導演。

⑤ 特技演員工作危險,薪水又少。

⑥ 她被星探發掘,明天要去試鏡。

⑦ 我老是記不住台詞,你幫幫我好嗎?

⑧ 那個主播老愛搶鏡頭。

⑨ 那個慢鏡頭的特寫好美!

⑩ 拍這部片子花了兩億美元。

英 文

① **My brother likes to watch science fictions. I like mysteries.**

② **This movie won the Academy Award for best special effects.**

③ **Pornography is wide-spread online. It causes lots of young people to go astray.**

④ **He used to be a child star. Now he's a director.**

⑤ **Stunt men work in dangerous conditions but are humbly paid.**

⑥ **She has been discovered by a talent scout and is going on an audition tomorrow.**

⑦ **I keep forgetting the lines. Can you help me with them?**

⑧ **That anchor likes to steal the show.**

⑨ **The close-up of that slow motion footage is so beautiful.**

⑩ **The production of this movie cost US$200 million.**

二、長句聽力訓練

1. **fresco**	[ˋfrɛsko]	*n.*	壁畫
2. **oil painting**	[ˋɔɪl ˋpentɪŋ]	*n.*	油畫
3. **watercolor**	[ˋwɔtɚˋkʌlə]	*n.*	水彩畫
4. **sketch**	[skɛtʃ]	*n.*	素描
5. **Gothic**	[ˋgɑθɪk]	*n.*	哥德式
6. **Baroque**	[bəˋrok]	*n.*	巴洛克
7. **graffiti**	[grəˋfitɪ]	*n.*	塗鴉
8. **slum area**	[ˋslʌm ˋɛrɪə]	*n.*	貧民區
9. **revealing**	[rɪˋvilɪŋ]	*adj.*	暴露的（或者exposing）
10. **mosaic**	[məˋzeɪk]	*n.*	馬賽克

請聽 **CD**，並將聽到的英文句子譯為中文，每個句子會以不同速度唸三遍。

① 中譯 _____

▶▶ 正常速度　▶ 分解速度　▶▶▶ 速度訓練

② 中譯 _____

▶▶ 正常速度　▶ 分解速度　▶▶▶ 速度訓練

③ 中譯 _____

▶▶ 正常速度　▶ 分解速度　▶▶▶ 速度訓練

④ 中譯 _____

▶▶ 正常速度　▶ 分解速度　▶▶▶ 速度訓練

⑤ 中譯 _____

▶▶ 正常速度　▶ 分解速度　▶▶▶ 速度訓練

中譯

① 敦煌的壁畫遠近馳名，代表了中國精緻的藝術。

② 你不管是要學油畫或水彩畫，都要先學素描。

③ 哥德式和巴洛克式的建築都展現十分華麗而誇張的色彩。

④ 貧民區到處都有人塗鴉，不知是否在抒發某種情感？

⑤ 這個鏡頭一點都不暴露，為什麼要打馬賽克？

英 文

① Dunhuang frescoes, which represent sophisticated Chinese art, are worldly renown.

② You'll have to learn to sketch whether you want to do oil painting or watercolors.

③ Both Gothic and Baroque architecture displays splendor and exaggerated colors.

④ I see graffiti everywhere in the slums. I wonder if they're trying to express something.

⑤ This image isn't revealing at all. Why did you put a mosaic on it?

三、會話聽力訓練

單字打通關 🎧 Track *98*

1. **disaster film**	[dɪzˋæstə ˋfɪlm]	*n.*	災難片
2. **tsunami**	[tsuˋnɑmi]	*n.*	海嘯
3. **volcanic eruption**	[vɑlˋkænɪk ɪˋrʌpʃən]	*n.*	火山爆發
4. **comedy**	[ˋkɑmədɪ]	*n.*	喜劇
5. **thriller**	[ˋθrɪlɚ]	*n.*	驚悚片
6. **horror movie**	[ˋhɔrɚ ˋmuvɪ]	*n.*	恐怖片

聽力特訓  Track *98*

請聽 **CD** 並將聽到的英文寫出來，對話會以不同速度唸三遍。

▶▶ 正常速度　▶ 分解速度　▶▶▶ 速度訓練

Ⓐ _____

Ⓑ _____

Ⓐ _____

Ⓑ _____

Ⓐ _____

解答 Answers

中譯

A：我不喜歡看災難片，不是地震就是海嘯。

B：不然就是火山爆發，讓人想了就很難受。

A：我們還是去看喜劇片好了，大笑一場，可以讓心情放鬆不少！

B：還是看驚悚片或恐怖片好了，比較刺激！

A：你日子還不夠緊張啊？

英 文

A : I don't like to watch disaster films—they are always either about earthquakes or tsunamis.

B : Or volcanic eruptions, which are not really fun to think about.

A : We should go see a comedy then. A big laugh can be very relaxing.

B : Maybe we should see a thriller or a horror movie. More exciting!

A : Don't you get enough tension from real life yet?

<Unit 33>

動植物

Flora and Fauna

一、短句聽力訓練

單字打通關 🎧 Track 99

1. **bouquet**	[buˋke]	*n.*	花束
2. **petal**	[ˋpɛtl̩]	*n.*	花瓣
3. **jasmine**	[ˋdʒæsmɪn]	*n.*	茉莉
4. **orchid**	[ˋɔrkɪd]	*n.*	蘭花
5. **magnolia**	[mægˋnolɪə]	*n.*	玉蘭花
6. **lotus seed**	[ˋlotəs ˋsid]	*n.*	蓮子
7. **lotus root**	[ˋlotəs ˋrut]	*n.*	蓮藕
8. **sea urchin**	[ˋsi ˋɝtʃɪn]	*n.*	海膽
9. **sea cucumber**	[ˋsi ˋkjukʌmbɚ]	*n.*	海參
10. **gelatin**	[ˋdʒɛlətɪn]	*n.*	膠質；洋菜
11. **cholesterol**	[kəˋlɛstəˏrol]	*n.*	膽固醇
12. **octopus**	[ˋɑktəpəs]	*n.*	章魚
13. **tentacle**	[ˋtɛntəkl̩]	*n.*	觸腳；觸鬚
14. **tadpole**	[ˋtædˏpol]	*n.*	蝌蚪
15. **amphibian**	[æmˋfɪbɪən]	*n./adj.*	兩棲類

請聽 **CD**，並將聽到的英文句子譯為中文，每個句子會以不同速度唸三遍。

① 中譯 _____

正常速度　▸ 分解速度　▸▸ 速度訓練

② 中譯 _____

正常速度　▸ 分解速度　▸▸ 速度訓練

③ 中譯 _____

正常速度　▸ 分解速度　▸▸ 速度訓練

④ 中譯 _____

正常速度　▸ 分解速度　▸▸ 速度訓練

⑤ 中譯 _____

正常速度　▸ 分解速度　▸▸ 速度訓練

⑥ 中譯 _____

正常速度　▸ 分解速度　▸▸ 速度訓練

⑦ 中譯 _____

正常速度　▸ 分解速度　▸▸ 速度訓練

⑧ 中譯 _____

▶▶ 正常速度　▶ 分解速度　▶▶▶ 速度訓練

⑨ 中譯 _____

▶▶ 正常速度　▶ 分解速度　▶▶▶ 速度訓練

⑩ 中譯 _____

▶▶ 正常速度　▶ 分解速度　▶▶▶ 速度訓練

中譯

① 一般的花朵都有五個花瓣。

② 這個香味聞起來像茉莉。

③ 你知道葉綠素可以美白嗎？

④ 新娘的花束裡面有蘭花和百合。

⑤ 蓮子和蓮藕都很補身，夏天常吃。

⑥ 海膽是日本料理中的昂貴食品。

⑦ 海參富有膠質，又不含膽固醇！

⑧ 章魚有八隻觸腳。

⑨ 蝌蚪長大了就變成青蛙。

⑩ 鱷魚是兩棲類動物。

英文

① Most flowers have five petals.

② This fragrance smells like jasmine.

③ Did you know that chlorophyll is whitening?

④ There are orchids and lilies in the bridal bouquet.

⑤ Lotus seeds and roots are good for your health and are often eaten in the summer.

⑥ Sea urchins are expensive Japanese food.

⑦ Sea cucumbers are rich in gelatin and cholesterol free.

⑧ Octopuses have eight tentacles.

⑨ Tadpoles grow up to be frogs.

⑩ Alligators are amphibian.

二、長句聽力訓練

1. chameleon	[kə`miljən]	n.	變色龍
2. tortoise	[`tɔrtəs]	n.	陸龜（海龜是 turtle）
3. predator	[`prɛdətə]	n.	掠食性動物
4. prey	[pre]	n.	獵物
5. purebred	[`pjʊr͵brɛd]	adj./n.	純種
6. Husky	[`hʌskɪ]	n.	哈士奇
7. dolphin	[`dɑlfɪn]	n.	海豚
8. mammal	[`mæml̩]	n.	哺乳類
9. coral	[`kɔrəl]	n.	珊瑚
10. venomous snake	[`vɛnəməs `snek]	n.	毒蛇
11. cobra	[`kobrə]	n.	眼鏡蛇

3

聽力特訓 Track *100*

請聽 CD，並將聽到的英文句子譯為中文，每個句子會以不同速度唸三遍。

① 中譯 _____

　　　　　　　　　▸▸ 正常速度　▸ 分解速度　▸▸▸ 速度訓練

② 中譯 _____

　　　　　　　　　▸▸ 正常速度　▸ 分解速度　▸▸▸ 速度訓練

③ 中譯 _____

　　　　　　　　　▸▸ 正常速度　▸ 分解速度　▸▸▸ 速度訓練

④ 中譯 _____

　　　　　　　　　▸▸ 正常速度　▸ 分解速度　▸▸▸ 速度訓練

⑤ 中譯 _____

　　　　　　　　　▸▸ 正常速度　▸ 分解速度　▸▸▸ 速度訓練

解答 Answers

中譯

① 我弟弟養了一隻變色龍，我養了一隻陸龜。

② 強國和弱國的關係就像是掠食性動物和獵物。

③ 我以前養了一隻純種的哈士奇，長的和狼一模一樣。

④ 原來海豚和鯨魚都是哺乳類，珊瑚也是動物！

⑤ 這條蛇有毒，它看起來像眼鏡蛇哦！

英 文

① My brother has a chameleon and I have a tortoise.

② The relationship between powerful countries and weak countries can be compared to the relationship between predators and prey .

③ I used to have a purebred Husky which looked identical to a wolf.

④ I didn't know that dolphins and whales are mammals and that coral is an animal too.

⑤ This snake is venomous. It looks like a cobra.

三、會話聽力訓練

單字打通關　 Track *101*

1. **lizard** ［ˋlɪzəd］　*n.* 蜥蜴
2. **reptile** ［ˋrɛptḷ］　*n.* 爬蟲類

聽力特訓　Track *101*

請聽 **CD** 並將聽到的英文寫出來，對話會以不同速度唸三遍。

▸▸ 正常速度　▸ 分解速度　▸▸▸ 速度訓練

Ⓐ _____

Ⓑ _____

Ⓐ _____

Ⓑ _____

中譯

A：青蛙、蜥蜴、鱷魚是兩棲類還是爬蟲類？

B：青蛙是兩棲類，蜥蜴、鱷魚是爬蟲類。

A：那烏龜和蛇呢？

B：牠們都是爬蟲類！

英 文

A：Are frogs, lizards and alligators amphibians or reptiles?

B：Frogs are amphibian, and lizards and alligators are reptiles.

A：What about tortoises and snakes?

B：Those are reptiles.

<Unit 34>
新 聞
News

一、短句聽力訓練

單字打通關　🎧 Track 102

1. **settlement**	[`sɛt!mənt]	*n.*	遣散費
2. **privatize**	[`praɪvə͵taɪz]	*v.*	民營化
3. **franchisee**	[͵fræntʃaɪ`zi]	*n.*	加盟店（chain store 「連鎖店」則屬於同一個老闆）
4. **appreciate**	[ə`priʃɪ͵et]	*v.*	升值
5. **down payment**	[`daʊn `pemənt]	*n.*	頭期款
6. **wholesale**	[`hol͵sel]	*n.*	批發
7. **retail**	[`ritel]	*n.*	零售
8. **recession**	[rɪ`sɛʃən]	*n.*	不景氣
9. **pickup**	[`pɪk͵ʌp]	*n.*	復甦
10. **blind competition**	[`blaɪnd ͵kɑmpə`tɪʃən]	*n.*	惡性競爭
11. **vicious circle**	[`vɪʃəs `sɜk!]	*n.*	惡性循環
12. **promotion**	[prə`moʃən]	*n.*	促銷；特價
13. **recall**	[rɪ`kɔl]	*v.*	回收

請聽 **CD**，並將聽到的英文句子譯為中文，每個句子會以不同速度唸三遍。

① 中譯 _____

▶▶ 正常速度 ▶ 分解速度 ▶▶▶ 速度訓練

② 中譯 _____

▶▶ 正常速度 ▶ 分解速度 ▶▶▶ 速度訓練

③ 中譯 _____

▶▶ 正常速度 ▶ 分解速度 ▶▶▶ 速度訓練

④ 中譯 _____

▶▶ 正常速度 ▶ 分解速度 ▶▶▶ 速度訓練

⑤ 中譯 _____

▶▶ 正常速度 ▶ 分解速度 ▶▶▶ 速度訓練

⑥ 中譯 _____

▶▶ 正常速度 ▶ 分解速度 ▶▶▶ 速度訓練

⑦ 中譯 _____

▶▶ 正常速度 ▶ 分解速度 ▶▶▶ 速度訓練

⑧ 中譯

▶▶ 正常速度　▶ 分解速度　▶▶▶ 速度訓練

⑨ 中譯

▶▶ 正常速度　▶ 分解速度　▶▶▶ 速度訓練

⑩ 中譯

▶▶ 正常速度　▶ 分解速度　▶▶▶ 速度訓練

解答 Answers

中譯

① 他拿了七十萬的資遣費。

② 我們前總統把許多公家銀行民營化。

③ 你知道加盟麥當勞要多少錢嗎？

④ 最近美金兌新台幣又升值了。

⑤ 我連付頭期款的二十萬都沒有。

⑥ 零售價比批發價貴了百分之三十。

⑦ 經濟如此不景氣，何時才會復甦呢？

⑧ 這樣的惡性循環會造成大家都賺不到錢。

⑨ 我們今天促銷洗衣機。

⑩ 許多奶製品都被回收了。

英文

① He got a $700,000 settlement.

② Our former President has privatized many government-owned banks.

③ Do you know how much money is required to become a McDonald's franchisee?

④ The US dollar has recently appreciated against the NT again.

⑤ I can't even afford the down payment of $200,000.

⑥ The retail price is 30% more than the wholesale price.

⑦ The economy is so depressed. When will it recover?

⑧ This vicious circle is going to prevent anyone from making money.

⑨ Today we are having a promotion on washing machines.

⑩ Many dairy products have been recalled.

二、長句聽力訓練

 單字打通關 Track *103*

1. **uneven distribution of wealth**　　　貧富不均
2. **launch**　　[lɔntʃ]　　*v.* 推出（新產品）
3. **inside trading**　　[ˋɪnˋsaɪd ˋtredɪŋ]　　*n.* 內線交易
4. **verdict**　　[ˋvɝdɪkt]　　*n.* 定刑；裁定
5. **password**　　[ˋpæsˌwɝd]　　*n.* 密碼
6. **debit card**　　[ˋdɛbɪt ˋkɑrd]　　*n.* 提款卡
7. **blue-chip stock**　　[ˋbluˌtʃɪp ˋstɑk]　　*n.* 績優股
8. **bear market**　　[ˋbɛr ˋmɑrkɪt]　　*n.* 空頭市場（bull market 則相反，表示欣欣向榮的股票市場）

聽力特訓

 Track *103*

請聽 **CD**，並將聽到的英文句子譯為中文，每個句子會以不同速度唸三遍。

① 中譯 _____

▶▶ 正常速度　▶ 分解速度　▶▶▶ 速度訓練

② 中譯 _____

▶▶ 正常速度　▶ 分解速度　▶▶▶ 速度訓練

③ 中譯 _____

▶▶ 正常速度　▶ 分解速度　▶▶▶ 速度訓練

④ 中譯 _____

▶▶ 正常速度　▶ 分解速度　▶▶▶ 速度訓練

⑤ 中譯 _____

▶▶ 正常速度　▶ 分解速度　▶▶▶ 速度訓練

中譯

① 在 M 型社會中，貧富不均益加嚴重：富者更富，貧者更貧。

② 他們將在下個月初推出新產品，而且會有特價促銷。

③ 他被指控做內線交易，但是陪審團還沒定刑。

④ 這個密碼無效，你是不是拿錯提款卡了？

⑤ 我比較保守，只敢買績優股。可是碰到空頭市場，連續優股都賠！

英 文

① **In this M-shaped society, uneven distribution of wealth is getting worse: the rich get richer and the poor get poorer.**

② **They are going to launch a new product early next month. It will have a special promotion.**

③ **He has been accused of inside trading, but the jury hasn't reached a verdict yet.**

④ **This password is invalid. Are you using the wrong debit card?**

⑤ **I am conservative, so I only buy blue-chip stocks. But even blue chips can lose value during a bear market!**

三、會話聽力訓練

單字打通關 🎧 Track 104

1. **barred from travel**			限制出境
2. **in custody**			被收押
3. **prosecutor**	[`prɑsɪ͵kjutɚ]	*n.*	檢察官
4. **indict**	[ɪn`daɪt]	*v.*	起訴
5. **high-ranking official**	[`haɪ`ræŋkɪŋ ə`fɪʃəl]	*n.*	高官
6. **perjury**	[`pɝdʒərɪ]	*n.*	偽證
7. **shareholder**	[`ʃɛr͵holdɚ]	*n.*	股東

聽力特訓 🎧 Track 104

請聽 **CD** 並將聽到的英文寫出來，對話會以不同速度唸三遍。

▶▶ 正常速度　▶ 分解速度　▶▶▶ 速度訓練

A _____

B _____

A _____

B _____

A _____

解答 Answers

中譯

A：他被人懷疑從事內線交易，已經被限制出境了。

B：限制出境！事證確鑿，他早該被收押了！

A：可是檢察官還沒起訴他，可能要約談幾位高官吧！

B：高官也會做偽證，我在新聞上看多了！

A：可憐的是我們這些小股東！

英 文

A : He is suspected of insider trading and has been barred from tavelling.

（※此處的 travel 指的是動作，所以用 ing 形式）

B : Barred from travel? The evidence is so strong that he should be in custody by now.

（※此處的 travel 指的是處分，所以用名詞）

A : But the prosecutor hasn't indicted him yet. I guess they'll need to talk to a few more high-ranking officials.

B : Even high-ranking officials can commit perjury. I have seen it happen a lot on the news.

A : It's us small shareholders who are miserable.

國家圖書館出版品預行編目資料

翻譯大師教你練聽力 / 郭岱宗 作. －－ 初版. －－
臺北市：貝塔, 2009. 04
面； 公分
ISBN 978-957-729-725-9 （平裝附光碟片）

1. 英語　2. 讀本

805.18　　　　　　　　　　　　　　98003670

翻譯大師教你練聽力

作　　者 / 郭岱宗
插 畫 者 / 水腦
執行編輯 / 陳家仁

出　　版 / 貝塔出版有限公司
地　　址 / 台北市 100 館前路 12 號 11 樓
電　　話 / (02)2314-2525
傳　　真 / (02)2312-3535
郵　　撥 / 19493777 貝塔出版有限公司
客服專線 / (02)2314-3535
客服信箱 / btservice@betamedia.com.tw

總 經 銷 / 時報文化出版企業股份有限公司
地　　址 / 桃園市龜山區萬壽路二段 351 號
電　　話 / (02) 2306-6842

出版日期 / 2016 年 7 月初版十三刷
定　　價 / 340 元
海外定價 / 美金 15 元
ISBN：978-957-729-725-9

翻譯大師教你練聽力
Copyright 2009 by 郭岱宗
Published by Beta Multimedia Publishing

貝塔網址：www.betamedia.com.tw

喚醒你的英文語感！

請對折後釘好，直接寄回即可！

廣　告　回　信
北區郵政管理局登記證
北台字第14256號
免　貼　郵　票

100 台北市中正區館前路12號11樓

貝塔語言出版 收
Beta Multimedia Publishing

寄件者住址 ☐☐☐

貝塔語言出版
Beta Multimedia Publishing

讀者服務專線 (02) 2314-3535 讀者服務傳真 (02) 2312-3535
客戶服務信箱 btservice@betamedia.com.tw
www.betamedia.com.tw

謝謝您購買本書！！

貝塔語言擁有最優良之英文學習書籍，為提供您最佳的英語學習資訊，您填妥此表
後寄回（免貼郵票），將可不定期免費收到本公司最新發行之書訊及活動訊息！

姓名：＿＿＿＿＿＿＿＿　性別：□男 □女　生日：＿＿＿年＿＿＿月＿＿＿日

電話：（公）＿＿＿＿＿＿＿（宅）＿＿＿＿＿＿＿（手機）＿＿＿＿＿＿＿

電子信箱：＿＿＿＿＿＿＿＿＿＿＿＿＿＿＿＿＿＿＿＿＿

學歷：□高中職含以下　□專科　□大學　□研究所含以上

職業：□金融　□服務　□傳播　□製造　□資訊　□軍公教　□出版
　　　□自由　□教育　□學生　□其他

職級：□企業負責人　□高階主管　□中階主管　□職員　□專業人士

1. 您購買的書籍是？＿＿＿＿＿＿＿＿＿＿＿＿＿＿＿＿＿＿

2. 您從何處得知本產品？（可複選）

　　□書店 □網路 □書展 □校園活動 □廣告信函 □他人推薦 □新聞報導 □其他＿＿

3. 您覺得本產品價格：

　　□偏高 □合理 □偏低

4. 請問目前您每週花了多少時間學英語？

　　□不到十分鐘 □十分鐘以上，但不到半小時 □半小時以上，但不到一小時

　　□一小時以上，但不到兩小時 □兩個小時以上 □不一定

5. 通常在選擇語言學習書時，哪些因素是您會考慮的？

　　□封面 □內容、實用性 □品牌 □媒體、朋友推薦 □價格 □其他＿＿＿＿

6. 市面上您最需要的語言書種類為？

　　□聽力 □閱讀 □文法 □口說 □寫作 □其他＿＿＿＿

7. 通常您會透過何種方式選購語言學習書籍？

　　□書店門市 □網路書店 □郵購 □直接找出版社 □學校或公司團購 □其他＿＿

8. 給我們的建議：＿＿＿＿＿＿＿＿＿＿＿＿＿＿＿＿＿＿

＿＿＿＿＿＿＿＿＿＿＿＿＿＿＿＿＿＿＿＿＿＿＿＿＿＿

＿＿＿＿＿＿＿＿＿＿＿＿＿＿＿＿＿＿＿＿＿＿＿＿＿＿

喚醒你的英文語感！

Get a Feel for English !

喚醒你的英文語感！

Get a Feel for English !